Carlo Schäfer

VERDACHTSMOMENTE

Der zweite Fall von Giovanni und Co.

Verlag an der Ruhr

IMPRESSUM

Titel
Verdachtsmomente
Der zweite Fall von Giovanni und Co.

Autor
Carlo Schäfer

Titelbildmotive
Waldlichtung – © Denis Potschien/Fotolia.com
Wegweiser – © Klaus-Peter Adler/Fotolia.com

Illustrationen
Norbert Höveler

Verlag an der Ruhr
Mülheim an der Ruhr
www.verlagruhr.de

Für Jugendliche ab 12 Jahre

ISBN 978-3-8346-0733-1

Printed in Germany

Über den Autor

Liebe Leserinnen, liebe Leser,

die Geschichte, um die es in diesem Buch geht, ist natürlich erfunden, aber mir sind beim Schreiben viele Erlebnisse eingefallen, die ich mit Jungen und Mädchen wie Giovanni und Suna hatte. Ich habe zehn Jahre in Mannheim an einer großen Hauptschule gearbeitet, heute unterrichte ich an einer Hochschule angehende Lehrerinnen und Lehrer. Schreiben ist mein zweiter Beruf.

„Verdachtsmomente“ ist schon mein neuntes Buch – allerdings erst das zweite für Jugendliche. Das erste Buch, das ich für Jugendliche geschrieben habe, heißt „Schattendasein. Der erste Fall von Giovanni und Co.“ Wenn ihr wissen wollt, was Giovanni und seine Freunde vor dieser Geschichte, in ihrem ersten Fall, erlebt haben, würde ich mich freuen, wenn ihr auch dieses Buch lest (ISBN 978-3-8346-0669-3).

Ich widme das Buch meinen früheren Schülerinnen und Schülern – sagen wir mal: fast allen!

Euch wünsche ich viel Spaß beim Lesen.

Carlo Schäfer

Internet: www.carlo-schaefer.de

Die Hauptpersonen

Giovanni Sessa

15 Jahre, Hauptschüler, gut aussehend, faul und ganz und gar nicht schüchtern. Er lernt gerne Stadtpläne auswendig.

Maximilian Buchwald

15 Jahre, Gymnasiast, leidet an der Glasknochenkrankheit. Er kann sich sehr leicht etwas brechen. Damit ihm nichts passiert, muss er mit einem Gehwagen rumlaufen und kann manchmal Dinge, die andere Jugendliche tun, nicht mitmachen. Er lernt auch gerne Stadtpläne auswendig.

Suna Bart

15 Jahre, Hauptschülerin, die keine sein will.
Manchmal will Suna nicht einmal Suna sein – obwohl sie sich, seit sie Giovanni und Maximilian kennt, mittlerweile ein wenig mehr mag.
Suna findet nicht, dass sie eine Streberin ist.
Alle anderen schon.

KAPITEL 1

Giovanni, Suna und Maximilian mussten das dritte Mal umsteigen. Das war mit Maximilians Gehwagen eine mühselige Angelegenheit, auch für Giovanni, denn er trug Maximilians Tasche.
„Sag mal, Massimo“, sagte er stöhnend, „du hast nicht zufällig ein paar Steinplatten dabei?“
„Du bist doch stark!“, rief Suna vergnügt.
„Kannst gerne helfen!“

MMM hieß der Verein: „Menschen mit Mut“. Vor ein paar Wochen war der Brief gekommen, an jeden Einzelnen von ihnen und auch gleich an die Schulen, Giovannis und Sunas Hauptschule und Maximilians feines Gymnasium. Die Hauptschüler der achten Klasse waren dort immer noch „zu Gast“. Ihre Schule war im letzten Jahr abgebrannt.
Zunächst war ihre Geschichte ohne Namen in die Zeitungen gekommen, aber nach ein paar Wochen hatte sich das regionale Fernsehen gemeldet und sie interviewt, eine Zeit lang war das Interview sogar im Netz. So hatte der Verein sie gefunden.

„MMM veranstaltet seit Jahren kostenlose Freizeiten für junge Menschen, die mutig für andere einstehen“, hatte Lehrer Böttiger aus dem Brief vorgelesen und dabei Giovanni angeschaut, als habe er ihn schon immer für einen ganz besonders guten Menschen gehalten, dabei war das Gegenteil der Fall – und zwar gegenseitig. „Natürlich“, hatte Böttiger dann gesagt, „werden Giovanni und Suna für Montag, Dienstag und Mittwoch vom Unterricht befreit. Am Donnerstag ist die Schule dann ja vorbei, und so kurz vor den Sommerferien läuft eh nichts mehr.“
Diese unerwarteten Ferientage hatten Giovanni überzeugt, mitzufahren. Außerdem waren seine Eltern stolz auf ihn, das kam nicht allzu oft vor. Große Lust hatte er dennoch nicht.
Mit Maximilian und Suna war es ja okay, aber er wurde das Gefühl nicht los, dass da eine Menge Streber sein könnten. Und der Ort sagte ihm gar nichts. Und es regnete.

Inzwischen hatten sie im Regionalzug Platz gefunden, das war nicht schwer gewesen, denn der Waggon war fast leer – bis auf drei geschniegelte Typen. Solche, die Giovanni sofort verabscheute, wahrscheinlich spielten sie Geige,

Schach und Querflöte. Ihm fiel ein, dass Maximilian Querflöte spielte, er entschied, dass man mal eine Ausnahme machen kann. Dann fiel ihm noch was ein – nämlich, dass die drei Klassikbuben sehr wahrscheinlich dasselbe Ziel wie sie hatten. Er hatte es ja gewusst. Er seufzte.
„Hört mal", sagte Suna eifrig, die sich natürlich einen Reiseführer für die Gegend gekauft hatte. „Es finden sich Siedlungsreste aus römischer Zeit …"
„Halt's Maul!", rief Giovanni. „Ich mag keine Römer."
Suna lachte: „Aber du bist doch Italiener!"
„Sizilianer."
„Und ziemlich schlecht gelaunt. Was ist denn los?", fragte Maximilian.
„Ach, Mann!", Giovanni schlug gegen die Fensterscheibe. „Wenn ich rausgucke, sehe ich bloß Kühe! Beschissene Kühe! Und wenn ich nach vorne schaue, sehe ich dahinten drei Schwuchteltypen, die wahrscheinlich auch zu diesem MMM fahren … Wahrscheinlich haben die, was weiß ich gemacht. Hey!", schrie er und stand auf. „Fahrt ihr auch zu der Scheißfreizeit?"
„Wieso?", rief einer zurück. „Arbeitest du dort als Putzmann?"
„Ich geb' dir gleich was zum Aufputzen!", brüllte

Giovanni und trat in den Mittelgang. Auch der andere Junge war aufgestanden und ging langsam auf ihn zu. Und wie er so näher kam, musste Giovanni einsehen, dass der Andere ziemlich groß und breitschultrig war. Aber gut, er trug das Hemd in der Hose, richtig gefährlich war er also nicht.

„Was habt ihr denn gemacht, dass ihr dahin geht?", fragte der Große.

„Wir haben einen geistig Behinderten gerettet", sagte Suna. „Und du?"

Immerhin, sie schien den Typen auch nicht zu mögen.

„Wir haben drei Mädchen aus dem Wasser gezogen, die beim Schlittschuhlaufen eingebrochen sind."

„Herzlichen Glückwunsch!", sagte Giovanni. „Drei zu eins!"

„Danke!", sagte der Große. „Ich bin Lars."

„Giovanni", sagte Giovanni, auch die anderen beiden stellten sich vor.

„Ich würde da nicht drei zu eins sagen", sagte Lars und machte ein kluges Gesicht. „Ist ja kein Fußball. Da gewinnt Italien ja tatsächlich öfters, wenn auch unverdient." Er wandte sich um: „Wir sehen uns!"

„So ein Idiot!", murmelte Giovanni. „Wichser!"
„Na ja, er war doch eigentlich ganz nett!", versuchte es Maximilian.
„Ganz nett!" Giovanni schaute aus dem Fenster. „Schon wieder Kühe!"
Der Zug wurde langsamer.
„Ah, ja!", Suna las wieder eifrig in ihrem Reiseführer. „Jetzt sind wir schon in …"
„Ich will nicht wissen, wo wir sind!" Er fasste sich an den Kopf. „Und dafür habe ich eine Familienfeier abgesagt. Übermorgen fährt meine ganze Familie zum Siebzigsten von meiner Tante, alle sind da. Meine Cousins, alle. Drei Tage wird gefeiert!"
„Magst du deine Cousins denn plötzlich so gerne?"
„Nein, die meisten sind voll die Ochsen. Aber das wär' besser als … nichts! Nichts! Hier ist nichts!" Verzweifelt deutete er nach draußen, wo tatsächlich nur eine leere Plakatwand zu sehen war.
„Aber hier gibt's …"
„Ist mir scheißegal!"
„Sag mal!" Suna klappte den Führer wütend zu. „Du lernst doch immer Stadtpläne auswendig!"
„Stadtpläne!", Giovanni musste sich beherrschen, um nicht gleich wieder zu brüllen. „Stadtpläne,

aber keine Ackerpläne und ...", verzweifelt deutete er auf den leeren Bahnsteig. „Pläne von ... von gar nichts!"
„Jetzt sei mal ruhig, sonst setz' ich mich weg!", auch Maximilian klang jetzt ziemlich genervt.
„Dann vergiss deinen Porsche nicht", zischte Giovanni und trat gegen den Gehwagen.

Giovannis Handy klingelte, er riss es aus der Hosentasche, klappte es wie ein Messer auf: „Ja? Moment!" Er nahm das Handy vom Ohr und wandte sich an Suna und Maximilian: „Hat der Scheißzug Verspätung?"
Suna schaute aus dem Fenster auf die Anzeigentafel am Bahnsteig.
„Nein, wieso?"
Giovanni hob abwehrend die Hand und sprach wieder ins Handy. „Nein, hat er nicht. Und warum rufen Sie gerade mich an?
— Aha. —
Tschüss."
Er steckte das Handy wieder ein. „Das war der von MMM, weil er uns abholen will. Anscheinend sind nicht nur die Arschlöcher hier, sondern alle im Zug verteilt."
„Und wieso?", fragte Suna.

„Wahrscheinlich gibt es da in Arschbackenwalde keinen Flugplatz!“, sagte Giovanni.

„Nein, wieso hat er dich angerufen?“

„Ach so“, Giovanni gähnte. „Haben nicht alle ihre Nummer angegeben, da auf dem Anmeldezettel. Und dann hat er noch gesagt: ‚Bella Italia!‘ Der spinnt. Was ist, Massimo, bist du sauer wegen Porsche oder was?“

Maximilian antwortete nicht.

Sie fuhren schon wieder einige Zeit.

„Entschuldigung“, sagte Giovanni. „Entschuldigung, Massimo!“

„Ist recht“, Maximilian schaute ihn nicht an. „Das nächste Mal, wenn du mich beschimpfen willst, wäre es nett, wenn du mal meine Behinderung weglässt.“

„Mach‘ ich!“, Giovanni nickte gehorsam. „Ich sag‘ dann einfach, dass du ein Hurensohn bist.“

„Genau“, sagte Maximilian. „Da freu‘ ich mich schon drauf.“

„Ich war auf den Arsch da vorne sauer … Also, alleine, was der über Fußball gesagt hat, der hat doch keine Ahnung! Der hat nicht seine Handynummer vergessen einzutragen. Der hat bestimmt gar kein Handy, sondern so eine Dose

mit Schnur. Haben wir im Kindergarten gehabt."
„Ich hab' meine Handynummer auch nicht angeben", sagte Maximilian.
„Wieso das denn nicht?"
Maximilian zuckte mit den Schultern: „Geht niemanden was an. Und außerdem …"
„Du kannst deine Nummer nicht auswendig und warst zu faul, nachzugucken." Giovanni lachte laut auf: „Lernt Latein und kann seine Telefonnummer nicht! Latein! Voll die Scheißsprache!"
„Nun", sagte Maximilian, „Italienisch stammt von Latein ab."
„Ja, klar doch. Und Italien hat die letzte WM aus Zufall gewonnen."
Maximilian schaute ihn angriffslustig an: „Das Halbfinale war Glück!"
Giovannis Augen wurden ganz groß, und seine Stimme klang auf einmal fast sanft: „Massimo! Das war kein Glück!"
„Lehmann war fast dran! Natürlich war das Glück, so kurz vor Schluss zwei Tore zu schießen."
„Hurensohn. Behinderter Hurensohn."

Den Rest der Fahrt schwiegen alle drei.
Irgendwann war es dann Suna, die sagte: „Wir sind da."

KAPITEL 2

Es war Nachmittag. Maximilian saß in seinem Zimmer und überlegte sich, wie er das alles fand. Am Bahnhof hatten sie zwei Männer abgeholt, der ältere war mindestens 50 und bestand trotzdem darauf, „Günni" genannt zu werden. Der jüngere hieß Daniel und war um die 20. Die beiden schienen mehr oder weniger MMM zu sein. Das war vielleicht komisch, aber schlimm war das Gelände. Es war riesig, grenzte an einen Wald, es gab ein Schwimmbad, sogar einen kleinen Teich, ein Haupthaus, ein Schlafhaus, Sportplätze, was nicht alles … Leider waren aber nur Haupt- und Schlafhaus durch einen asphaltierten Weg verbunden, alle anderen Wege waren für ihn gefährlich und mit dem Gehwagen nur mühsam zu bewältigen. Er seufzte. Wenn er sich selbst zu sehr leidtat, würde er in eine rabenschwarze Stimmung verfallen, das wusste er. Das Beste daraus machen, das sagten die Eltern immer.
Aus der Glasknochenkrankheit, aus dem erzwungenen Hausarrest bei Glatteis, aus den vielen Tagen im Krankenhaus, die dann doch immer zusammenkamen, und im Moment

daraus, dass jemand jetzt viel zu laut an seine Tür klopfte. Er musste gar nicht den Kopf drehen, um zu wissen, wer das war.

„Es tut mir wirklich leid."
„Jaja."
„Deutschland war auch gut."
Maximilian musste grinsen: „Vergessen wir's, eigentlich bin ich gar kein Fußballexperte."
„Logisch!", Giovanni nickte. „Kannst ja nicht spielen."
„Richtig."
„Wie wär's mit einer Partie London? Ist noch fast eine Stunde Zeit bis zur Begrüßungsstunde von diesen zwei Ochsen."
„Von mir aus. Er hat übrigens ‚Begrüßungsrunde' gesagt."
Giovanni zuckte mit den Schultern: „Scheißegal."
Er zog den Stadtplan von London aus dem Hosenbund: „Wie heißt die U-Bahn-Station im Stadtteil Islington?"
„Äindschl."
„Nein, A-N-G-E-L, wie die ‚Angel'!"
„Das sprich man so aus. ‚Äindschl' heißt auf Deutsch ‚Engel'."
„Klagschassör!"

„Bitte?"
„Klugscheißer auf Englisch."
So waren sie Freunde geworden, vor einem knappen Jahr, damals noch mit dem Plan ihrer Heimatstadt. Inzwischen waren sie unter anderem mit Neapel und Rotterdam durch und hatten sich für London und gegen Paris entschieden, weil Giovanni keine Lust hatte, sich mit französischen Straßennamen zu blamieren. (Jetzt blamierte er sich eben mit den englischen.) Als Nächstes würde dann Berlin dran sein, vorgelernt hatten beide schon.
Ein etwas seltsames Hobby war es schon, Maximilian fand das selbst, trotzdem führte er genau Buch, und es stand insgesamt 2466 zu 2433 für ihn, aber Giovanni behauptete einfach, das könne nicht sein.

Nachdem sie sich über eine halbe Stunde lang abwechselnd mit Straßen, Plätzen, Parks und U-Bahn-Stationen gequält hatten, sagte Giovanni unvermittelt: „Ist scheiße für dich hier, oder? Ich meine zum Laufen?"
Maximilian grinste: „Du merkst das, und den Veranstaltern fällt es nicht auf. Haben beide nichts gesagt, als sie mich gesehen haben."

„Hast du geschrieben, dass du behindert bist?"
„Nein!"
„Ey, Massimo, dann bist du selbst schuld! Du musst schreiben: Ich bin behindert, ich brech' mir voll leicht was, ich brauch' gute Wege für meinen Wagen …"
„Man hat nicht immer Lust, so was zu schreiben."
Giovanni schüttelte den Kopf: „Du schreibst für die Schule jeden Scheiß, und wenn es dann wirklich wichtig wird …"
Zu Maximilians Erleichterung klopfte es wieder. Suna kam rein. „Einzelzimmer mit eigenem Bad sind cool", sagte sie. „Vor allem, seit ich die anderen Mädchen gesehen habe."
„Ja", Giovanni gähnte, „die drei Millionen anderen Mädchen."
„Genau drei", sagte Suna und setzte sich neben Maximilian aufs Bett. „Als ob Jungs tapferer sind."
„Natürlich sind Jungs tapferer."
„Ist recht Giovanni."
Maximilian schaute auf sein Handy: „Kommt, in zehn Minuten fängt das im Haupthaus an. Im Vorraum."

Der Vorraum war leicht zu finden, denn er war direkt hinter der großen gläsernen Eingangstür. Eine verwaiste Rezeption, wenn man reinkam, links neben der Tür ein Münztelefon und ein paar Schritte weiter eine Treppe ins Untergeschoss, ein paar Tische. Die dazugehörigen Sessel waren für die kleine Gruppe im Halbkreis angeordnet.

„Also, jetzt noch mal ganz offiziell. Ich heiße Günther Lemke, bin Gründer und Vorsitzender von ‚Menschen mit Mut' und freue mich, dass ihr meiner Einladung gefolgt seid. Oder besser gesagt ... euer Günni wünscht euch ein paar geile Tage im Vereinsheim von MMM: Wolkenstein!" Günni strahlte.
Giovanni schaute an die Decke. „Geile Tage, sagt der Opa", murmelte er. „Voll die Blamage."
„Ihr glaubt das wahrscheinlich nicht", fuhr Günni fort. „Aber ich bin schon 55!" Giovanni schaute ihn an. Günni hatte in der Tat ziemlich moderne Klamotten an, Lederjacke, weite Jeans, Sportschuhe, aber sein Dreitagebart war grau. Als hätte Günni seine Gedanken gelesen, deutete er auf ihn: „Du musst Giovanni sein! Wie alt hättest du mich geschätzt?"

„54“, sagte Giovanni.
Immerhin, einige lachten, auch Günni, und es klang sogar echt. „Giovanni, Maximilian und Suna haben jemanden befreit, der wie ein Sklave gehalten wurde!“, strahlend deutete er auf die drei. „Toll, nicht wahr?“
Giovanni hatte nicht den Eindruck, dass die anderen ihn so toll fanden. „Jedenfalls … Also 55, und ich hatte lange ein Hotel in Asien, bis genug Geld da war, um Wolkenstein zu kaufen und MMM zu gründen. Aber, obwohl ich noch wie 54 aussehe …“, er zwinkerte Giovanni zu, „bin ich eben schon etwas älter und hatte deshalb Daniel von Anfang an dabei, der mich unterstützt …“
Daniel sagte lächelnd: „Und den Laden mal übernehmen wird.“
„Und den Laden mal übernehmen wird“, auch Günni lächelte, Giovanni fand, wie ein Haifisch. „Aber noch nicht so bald. Jedenfalls – wir haben natürlich auch Leute für die Küche und fürs Gelände, aber wenn es Probleme geben sollte, wendet euch an Daniel oder mich!“

Giovanni fühlte sich irgendwie wie in der Schule – und deshalb hörte er kaum noch zu. Viele

Aktivitäten waren möglich, klettern, schwimmen, wandern … an dieser Stelle schaltete Giovanni vorübergehend ganz ab und schaute sich Daniel an. Er fand ihn seltsam. Auch Daniel war modern angezogen, aber er wirkte wie verkleidet.
„Der Typ ist komisch", flüsterte er Maximilian zu.
„Wer?", fragte Maximilian zurück. „Günni?"
„Der auch, ich meine Daniel. Der ist wie eine Puppe. Den kann man wahrscheinlich aufpumpen …"
Maximilian grinste, sagte aber nichts.
Giovanni riskierte es, wieder ein bisschen zuzuhören. Lars, Ralf und Thorsten hatten drei Mädchen gerettet, das wusste man schon, Oswald hatte eine alte Frau beschützt, Sergej noch eine alte Frau und Erkan und Gökmen hatten einen flüchtenden Räuber eingefangen. Susanne, Vera und Samantha schließlich waren in ein brennendes Tierheim gerannt und konnten vier Pferde, sieben Hunde und drei Katzen retten.
„Und einen Fisch", sagte Giovanni.
„Wie bitte?", fragte Günni.
„Nichts."
„Jedenfalls", Günni strahlte immer noch.
„Das ganze Jahr über sind hier Schulklassen, Studentengruppen, alles Mögliche, aber einmal

im Jahr lade ich mir die ein, die mir am wichtigsten sind: mutige junge Leute, solche wie euch. Toll, dass ihr da seid. Ja?"

Suna hatte sich gemeldet: „Warum sind nur so wenige Mädchen da?"
Günni breitete entschuldigend die Arme aus: „Schau, Suna, mehr als zehn, zwölf Gäste kann ich mir nicht leisten. Mal mehr Mädchen, mal mehr Jungs – das ist jedes Mal anders. Kommt immer darauf an, wovon ich eben im Netz oder in der Zeitung was erfahre.
Also!", er klatschte in die Hände. „Heute Abend könnt ihr nach dem Abendessen mal das Gelände erkunden, geht ruhig mal querfeldein ..." Giovanni hörte, wie Maximilian leise „Idiot" sagte, und freute sich. „Morgen gibt's dann die große Party, also die erste große Party ...", Günni veränderte plötzlich seine Stimme: „Wir müssen au – au – au gucken, dass wir, mir, wir konditionell durchhalten ..."
„Was soll denn das?", fragte Giovanni in Maximilians und Sunas Richtung, fast schon wieder zu laut. „Was redet er denn so behindert ... Scheiße, Entschuldigung, Scheiße!"
„Er macht den deutschen Nationaltrainer nach,

nicht mal schlecht", Maximilian grinste.
„Unde wennde isse Flasche leer, kriege andere Flasche …"
„Trapattoni, ich weiß …", Giovanni stand auf.
„Ich geh' mal gucken, was es zu essen gibt."

Sie saßen mit Oswald an einem Vierertisch, direkt neben ihnen saßen Daniel und die Lars-Gruppe, zumindest nannte sie Giovanni so, er wollte sich möglichst wenige Namen merken.
Das Essen war allerdings sehr gut, seine Laune besserte sich etwas.
„Und du hast also eine alte Frau gerettet?", fragte Maximilian in Oswalds Richtung.
„Na ja", sagte der und wurde sofort rot.
„Was man so retten nennt."
„Ist doch … ist doch toll!", versuchte es Maximilian noch einmal.
„Na ja, was man so toll nennt."
„Der hat einen an der Klatsche", Giovanni winkte ab. Schon fand er das Essen nicht mehr so gut.
Oswald schaute ihn an. „Man kann Eltern verständigen, wenn man beleidigt wird, die Eltern des Beleidigers."
„O je!", Giovanni blies die Backen auf. „Mach mir

keine Angst! Wer hat die alte Frau gerettet? Du oder deine Mama?“

„Ich!“, sagte Oswald. „Ich sah, dass sie sich in der Rolltreppe mit ihrem Mantel verfing und habe den Nothalteknopf, ohne zu zögern, gedrückt.“

Giovanni hob die Augenbrauen, nickte und schob seinen Teller von sich weg. Am Lars-Tisch wurde über irgendetwas laut gelacht, als man wieder reden konnte, fragte er nur noch:

„Wie alt bist du?“

„15, und Sie?“

„Auch 15. Und Sie können gerne Giovanni zu mir …“

In diesem Moment trat Daniel an ihren Tisch: „Hey Suna!“

Suna schaute erschreckt, aber, zumindest schien es Giovanni so, auch erfreut nach oben.

„Ich wollte nur sagen, es ist zwar schade, dass nicht so viele Mädchen da sind, aber ich finde es toll, dass du eines davon bist!“

Suna wurde sofort rot. „Danke!“, sagte sie, und ihre Stimme klang anders als sonst.

Es war noch hell und einigermaßen warm. Giovanni wollte sich ein bisschen umschauen:

Da war also der Wald. Um einen Wald anzuschauen, brauchte man ja nur zehn Sekunden. Ziemlich nahe am Wald stand ein älteres kleines Haus, an dem ein Weg vorbeiführte …
Die beiden Kleinbusse, mit denen Günni und Daniel sie abgeholt hatten, standen davor.
„Da wohne ich!"
Erschrocken fuhr Giovanni herum. Er hatte Günni nicht kommen hören. „Das war das einzige Haus, als ich das Gelände gekauft habe."
Giovanni nickte, eigentlich war es ihm egal.
„Ich mag die Landschaft, deshalb habe ich möglichst wenige Wege anlegen lassen. Im Winter kriegt man nasse Schuhe, aber das stört mich nicht."
Giovanni nickte, sagte dann aber: „Für meinen Kumpel ist das ziemlich scheiße."
„Ja, der mit dem Gehwagen", Günni hob ratlos die Hände. „Ich kann jetzt aber keine Straße für ihn bauen."
Giovanni nickte nicht.
„Hast du schon alles gesehen?"
„Nein."
„Schau mal!", Günni legte ihm die Hand auf die Schulter und deutete auf das Haupthaus: „Da haben wir gegessen!"
„Ich weiß." Giovanni wandte sich ein bisschen,

er mochte so etwas nicht. Günni lachte und nahm die Hand weg.
„Du bist einer, der weiß, was er will, nicht wahr?"
„Ich weiß nicht."
„Du bist übrigens der einzige Hauptschüler hier."
Das hatte sich Giovanni schon so gedacht. Trotzdem sagte er: „Und Suna!"
Günni nickte: „Jaja, das Mädchen ... Ich mag Jungs wie dich. Ihr seid wie Straßenkatzen, rau, kratzbürstig, aber mutig!" Giovanni zuckte mit den Schultern.
„Im Haupthaus", wechselte Günni zum Glück wieder das Thema, „kennt ihr bisher erst den Vorraum und Speisesaal. Aber da ist auch noch der Tischkicker, Tischtennis, der Filmraum. Dann siehst du rechts davon das Schlafhaus – mit Einzelzimmern, das ist, glaube ich, einmalig ..."

„ ... und dann hat der Typ mir auch noch gesagt, dass man das Schwimmbad nicht sieht, weil es hinter dem Haupthaus ist. Und die Sportplätze auch nicht. Versteht ihr?"
Es war inzwischen spät, längst dunkel. Ohne sich direkt verabredet zu haben, trafen sich die drei noch einmal in Maximilians Zimmer. Maximilian verstand nichts und sagte das auch.

„Man kann jemand doch nichts zeigen, was man gar nicht sieht!"
„Jetzt verstehe ich", sagte Maximilian und wandte sicherheitshalber den Kopf ab, auch wenn sie kein Licht anhatten.
„Also, ich finde das irgendwie komisch hier", Giovanni schüttelte den Kopf. „Irgendwie komisch."
„Am Waldrand gibt es aber noch ein Haus, sieht ziemlich neu aus, hat er auch erzählt, wer da wohnt?", fragte Suna.
„Ah, ja, Daniel, der dir ja anscheinend gefällt. Mädchen spielen ja gerne mit Puppen …"
Suna schwieg.

KAPITEL 3

Der zweite Tag war sonnig, und mit ziemlich viel Mühe schaffte es Maximilian bis zum Schwimmbad. „Ich habe ja Zeit!“, murmelte er vor sich hin – er war ganz guter Laune und wollte es bleiben. Und es war ja auch manches gut hier – zum Beispiel, dass sie relativ Wenige waren und er vor Rempeleien und Tritten im Wasser ziemlich sicher war. Im Moment hatte er das Becken sogar für sich allein. Er ließ sich treiben und fühlte sich wohl. Als er gerade so weit war, zu denken, dass sie wahrscheinlich einfach nur genervt von der langen Anfahrt gewesen waren und es vielleicht doch eine schöne Woche werden würde, sprang jemand neben ihm ins Becken, der ihn behutsam, aber entschlossen unter Wasser drückte.

Als er hustend, spuckend und fluchend wieder auftauchte, versicherte ihm Giovanni, dass er ganz besonders vorsichtig getunkt habe.

„Du sollst dir ja nichts brechen. Du sollst dich nur total ärgern.“

„Hast du gut gemacht“, sagte Maximilian, als er wieder reden konnte.

„Doch ganz cool hier, oder?“ Auch Giovanni

hatte deutlich bessere Laune. „Und die ganzen doofen Gymnasiasten sind anscheinend wasserscheu, spielen auf jeden Fall mit Daniel Beachvolleyball da hinten. Leider auch mit Suna."
„Kann die das?"
„Nein. Aber der tolle Daniel ist halt in der Nähe."
Eine Weile genossen sie einfach die heiße Sonne und das kalte Wasser, dann traute sich Maximilian, zu fragen, ob lange Badehosen praktisch sind. Giovanni schien die Frage nicht zu verstehen.
Maximilian versuchte es noch einmal: „Wenn man aus dem Wasser steigt, klebt doch die nasse Hose an den Beinen, oder?"
„Ich bin ja im Wasser."
„Aber irgendwann gehst du raus."
„Ja."
„Dann klebt die Hose."
„Na und?"
„Man friert."
„Dann friert man halt."
Wieder einige Zeit später sagte Maximilian: „Ich glaube, ich weiß, was du an Daniel komisch findest."
„Aha?"
„Also Günni ist ein Erwachsener, der auf jung und cool macht."

„Genau. Und sich blamiert, voll blamiert."
„Ja … und Daniel ist wie ein Jugendlicher, der sich wie ein Erwachsener gibt, der einen auf jugendlich macht. Verstehst du?"
„Aber klar doch!", Giovanni lachte herzlich. „Und außerdem hält er sich für ein Huhn und frisst seine eigenen Eier, wir sollten mal aus der Sonne, Massimo. Ich hab' den Stadtplan mitgebracht."

Am Abend war dann die versprochene große Fete. Günni schien es mit den Gesetzen da nicht so streng zu nehmen, es wurde kräftig Alkohol ausgeschenkt.
Giovanni fand das großartig, aber Maximilian wurde es bald zu viel.
„Ich geh' mal auf mein Zimmer!", brüllte er gegen die laute Musik an.
„Wieso?", schrie Giovanni zurück.
„Mir ist es zu laut, und es wird zu viel gesoffen. Wenn einer nachher auf mich fällt, kann man mich zusammenfegen."
„Ach, Mann, bleib doch noch! Wir können ja mal eine Partie Kicker spielen! Sei kein Streber!"
„Ich will nur auf mein Zimmer, ich verspreche, dass ich keine Schularbeiten mache!"

„Streber."
„Also gut, Kicker."

Im Untergeschoss brannte kein Licht, Maximilian tastete sich vorsichtig die Treppe hinunter, stützte sich Stufe für Stufe mit seinem Gehwagen ab. Giovanni meinte, dass man schon ein bisschen was sehen würde, verfehlte die letzte Stufe und fiel fluchend der Länge nach hin.
„Darf ich dir meinen Porsche leihen?"
„Halt's Maul, Massimo. Autsch, verdammt, ausgerechnet auf das Knie!"
„Was wär' dir denn lieber gewesen?", fragte Maximilian.
„Der Kopf", sagte Giovanni. „Hier unten ist kein Schalter, wäre ja auch bescheuert." Er drehte sich um. „Ja klar, da oben, hinter dem Gummibaum, jetzt sehe ich ihn."
Er wollte gerade wieder die Treppe hinauf, als Maximilian „Warte mal!" rief.
„Was ist?"
„Ich hab da was ertastet, das könnte der Schalter sein."
Es war nicht der richtige, der Flur blieb dunkel – allerdings hatte er unabsichtlich das Licht in einem der Räume eingeschaltet, und da sich

über den Türen Oberlichter befanden, sah er auch, in welchem. Und da Giovanni jetzt oben endlich das richtige Licht anmachte, konnte Maximilian die Beschriftung an der Tür lesen:
„Kuschelzimmer! Was ist denn das?"
Giovanni kam die Treppe herunter, diesmal ohne zu stürzen: „Was?"
„Kuschelzimmer, guck!"
„Die haben sie wirklich nicht alle", sagte Giovanni kopfschüttelnd. „Machen alle Lichtschalter übereinander im Flur!"
„Im Zimmer werden schon noch welche sein, das ist vielleicht ganz praktisch, wenn man abends schaut, ob alle Lichter …"
„Wie lange sollen wir uns eigentlich noch über Lichter unterhalten, Massimo? Wir wollten kickern."
„Mir ging es eher um diesen Namen: ‚Kuschelzimmer'."
„Ist mir scheißegal, wie das hier alles heißt."
Das Licht im Kuschelzimmer ging aus.
„Ey!", rief Giovanni begeistert. „Da sind welche drin! Da schraubt bestimmt einer von den Gymmispasten an so einer Tierheimtusse rum, komm, die erschrecken wir!"
Maximilian ging ein paar Schritte zurück und packte die Griffe seines Gehwagens fester.

„Massimo, der geht nicht auf uns los", Giovanni lachte. „Der muss ja erstmal seine Hose finden." Und schon hatte er die Tür aufgerissen und „Ach du Scheiße!" gesagt.

Im Kuschelraum standen drei Sofas und sonst nicht viel. Auf dem größten lagen eng umschlungen Daniel und Suna, seine Hände waren unter ihrem T-Shirt. „Lasst uns in Ruhe!", schrie Suna, während sich Daniel köstlich zu amüsieren schien.

Giovanni schüttelte sich wie ein Hund mit nassem Fell. „Hauptschüler!", sagte er schließlich, und Maximilian bemerkte zum ersten Mal, dass sogar Giovanni verzweifelt klingen konnte.

„Typisch, typisch Hauptschüler, typisch, der dumme Giovanni … Ich will in den Kickerraum, sehe ein K und bin zu faul – und zu dumm –, den Rest zu lesen. Meine Mutter hat mich mal zum Bäcker geschickt, und wo bin ich hin? Zur Bank … So ist das bei mir. Entschuldigung! Entschuldigung! Und tschüss!"

Er schloss die Tür.

„Da drüben", sagte Maximilian und musste sich räuspern. „Kickerraum."

Giovanni nickte.

Die Tür zum Kuschelraum ging noch mal auf, Daniel und Suna kamen Arm in Arm heraus: „Wir gehen mal wieder rauf, falls ihr zwei ein bisschen nett miteinander sein wollt." Daniel grinste, und Suna sah aus, als sei sie im Paradies.

Giovanni ließ den ersten Ball aufs Spielfeld rollen: „Ich hab dem nur wegen Suna keine gegeben. Wir beide kuscheln! Wichser!"
„Stimmt das eigentlich?", fragte Maximilian.
„Was?"
„Das mit dem Bäcker und der Bank?"
„Ja, warum? Eins null."
Das Spiel endete zehn zu null. Der Sieger meinte dann, er sei müde, sonst würde er natürlich gerne noch weiter spielen, Maximilian nickte und sagte: „Ich auch."

Giovanni ging noch einmal auf die Fete, Maximilian machte sich Richtung Schlafhaus auf den Weg. Es war fast Vollmond, und man konnte weit in die Landschaft sehen. Anders als Giovanni mochte er die Natur, vielleicht aber nur deshalb, weil er sie meistens aus der Ferne anschauen musste. So, wie man Schokolade

besonders dann mag, wenn man nur wenig davon essen darf.
Sein Gehwagen quietschte, man hörte natürlich noch die Musik wummern, ein paar Grillen zirpten, trotzdem hatte er das Gefühl, an einem ganz stillen Ort zu sein.
Er hörte Schritte, ein leises Klirren – es war Giovanni mit zwei Bierflaschen, lässig zwischen die Finger der rechten Hand geklemmt.
„So eine Scheiße!", rief er, bevor er Maximilian auch nur erreicht hatte. „Suna und der knutschen! Wie zwei Staubsauger, wie zwei Scheißstaubsauger. Da, Massimo, Bierchen."
„Danke, aber du weißt ja …"
„Ja, ich weiß, du trinkst nichts. Die Milchkanne war mir halt zu schwer."
„London?", fragte Maximilian.
„Wie wäre es mal mit Berlin? Ich würde gerne mal wieder was richtig aussprechen."
„Dann eben Berlin."

Irgendwann behauptete Giovanni, er habe jetzt mindestens 100 Punkte Vorsprung, irgendwann stimmte Maximilian aus Bequemlichkeit zu, irgendwann hörte die Musik im Haupthaus auf. Giovanni schaute stirnrunzelnd auf sein Handy:

„Erst kurz nach zwölf, so toll lässt es Günni aber nicht krachen! Ey, guck mal, da gibt's eine Straße in Berlin ‚Unter den Linden'!"
„Ja und?"
„Der Scheißweg in den Wald, da bei Günnis Haus, der könnte so heißen, aber in einer Großstadt …"
Manchmal war Maximilian einfach zu verblüfft über seinen Freund, um irgendetwas zu sagen. Er wusste nicht, wie viele Eichenwege, Pappelalleen, Tannenstraßen sie schon auswendig gelernt hatten, und ausgerechnet ‚Unter den Linden' fand Giovanni seltsam.
„Ja, klar", sagte er nur. „Würde besser zu Günnis Waldweg passen. Wirklich komisch, dass die schon aufhören."
Er trat ans Fenster, es war windig geworden, es rauschte in den Bäumen – aber der Himmel war immer noch klar, der Mond schien.
Er machte das Licht aus, um besser in die Nacht schauen
zu können, und trat wieder ans Fenster.
„Da rennt jemand!", sagte er. „Es ist … es ist Suna!" Jetzt konnte er ihre Schritte auf dem Weg hören und nicht nur die Schritte. „Sie weint", sagte er. „Sie heult ganz fürchterlich."
„Wahrscheinlich hat Daniel Mundgeruch", sagte

Giovanni. „Oder einen Knoten im Schwanz“, aber auch er stand auf.

Sunas Zimmer war im selben Flur, und wenn Giovanni beschlossen hatte, dass jemand nicht an ihm vorbeikam, dann war das so. Da konnte man ihn hauen, kneifen, anbetteln. Immerhin, Suna hatte ihn bis jetzt nicht gebissen.
„Lass mich doch in mein Zimmer, bitte“, sie konnte kaum sprechen, wurde von Weinkrämpfen geschüttelt.
„Was hat er gemacht?“, fragte Giovanni zum zehnten Mal.
„Er lässt dich nicht durch“, sagte Maximilian, der ein bisschen Sicherheitsabstand hielt. „Los, gehen wir in mein Zimmer, bevor noch die Anderen kommen.“
Das schien Suna zu überzeugen. Sie gab ihren Widerstand auf, hängte sich schniefend bei Giovanni ein, der darüber nicht sehr erfreut aussah. Noch bevor Maximilian seine Zimmertür geschlossen hatte, sagte sie: „Es war eine Wette.“

Giovanni trank beide Biere auf ex.
„Ich werd’ bald 16, dann darf ich sowieso. Und

es sind nur kleine. 0,3. Halt's Maul, Massimo."
„Ich hab' nichts gesagt."
„Er hat mit Lars und seinen Kumpels gewettet", sagte Suna leise. „Anscheinend gestern Abend schon. Dass er mich rumkriegt und …"
„Und?", Giovanni konnte nicht sitzen, ging die ganze Zeit auf und ab.
„Ach, dass ich ihn … dass ich ihn anfasse, nur so von außen."
„Was soll man denn da anfassen?", sagte Giovanni, schaute aber an Suna vorbei.
„Und das hast du gemacht? So, dass Lars und Co. das sehen konnten?", fragte Maximilian vorsichtig.
„Er hat vorhin beim Tanzen meine Hand in die Richtung … und dann hat er Lars anscheinend ein Zeichen gegeben, auf jeden Fall ging das Licht an, und alle haben ‚Bingo' gebrüllt."
„Das machst du!", Giovanni schüttelte den Kopf.
„Als Türkin!"
„Du sagst immer, dass ich keine bin!", entgegnete Suna trotzig.
„Aber eine halbe. Also, du bist hauptsächlich deutsch erzogen, von deiner blöden Mutter, also bist du … von mir aus Dritteltürkin, dass du als …"
„Vielleicht müssen wir jetzt nicht Sunas Herkunft

berechnen!", sagte Maximilian gereizt. „Was hat Günni zu der Sache gesagt?"
(„Kannst ruhig höflich bleiben, Massimo!")
„Er hat gesagt, die Party ist vorbei. Aber Daniel hat nur gelacht. Um drei Flaschen Apfelkorn haben die gewettet."
„Den mach ich fertig", sagte Giovanni. „Dieser Lars ist leider ein bisschen groß und hat seine Kumpels dabei, aber Daniel hat nichts drauf! Das ist die Stelle, wo du irgendwas gegen Gewalt sagen musst, Massimo. Irgendwelchen Gymnasiumscheiß. So mit diskutieren und reden und allem Möglichen, aber nicht auf die Fresse hauen."
Maximilian schüttelte den Kopf. „Hatt' ich nicht vor."
„Na toll!", Giovanni ließ sich auf einen Stuhl fallen und schlug sich mit der Faust gleich vier Mal auf den Schenkel. „So eine Wette. Typisch deutsch. Voll deutsch!"
„Was soll denn das jetzt?", fragte Maximilian verblüfft. „So was würde in Italien … Sizilien doch auch … Was redest du denn für eine Scheiße?"
„Das ist mein Text, Massimo!"
„Typisch deutsch … Ich bin Deutscher."
„Das heißt ja nicht, dass jeder alles macht …

Ich höre zum Beispiel nicht gerne Eros Ramazzotti … Scheiße, Suna, hör doch auf, zu heulen …"
Aber Suna weinte noch eine Stunde.
Vom Haupthaus hörte man bald wieder Musik, zwischendurch auch fröhliche Stimmen, wahrscheinlich waren ein paar der Größeren zum Rauchen rausgegangen.
„Die Party ist wohl doch nicht vorbei", sagte Giovanni leise.
Maximilian machte das Fenster zu. Keiner sprach mehr.

Gegen zwei ging Suna, kurz darauf meinte auch Giovanni, er müsse ins Bett, „irgendwie".
Maximilian lag noch lange wach und stellte sich vor, wie es wäre, Daniel zu verprügeln, und wusste doch, dass er sich schon beim ersten Schlag die Hand brechen würde.
Als er endlich einschlief, wurde es hell. Die Feier war immer noch nicht zu Ende.

KAPITEL 4

Beim Frühstück ging es einigen offensichtlich nicht besonders gut. So fiel es wenigstens nicht auf, wie blass Suna aussah. Immerhin kam Lars und stammelte eine Entschuldigung. Suna schaute nicht auf.

„Ich glaub', ich lass' das jetzt mal hier mit dem Alk", fuhr Lars fort. Daniel hat uns vorgestern schon heimlich was eingeschenkt und gestern noch mal … War wirklich eine Schnapsidee … sozusagen …"

Suna nickte.

Jetzt erst kam Günni herein, auch er war blass. Er hob die Hand, wollte offensichtlich etwas sagen.

„Was gestern vorgefallen ist, tut mir leid. Ich meine, wenn ihr das zu Hause erzählt, was denken dann die Leute über MMM, was denken dann eure Eltern …?"

Giovanni hatte seit dem Aufstehen nichts gesagt, noch nicht einmal Maximilian oder Suna begrüßt. Jetzt aber platzte es sofort aus ihm heraus:

„Tut es dir leid, weil es schlecht für deinen komischen Klub ist oder weil es vielleicht scheiße war?"

„Giovanni!", Günni versuchte, zu lächeln. „Natürlich, natürlich tut es mir für Suna leid. Ich … ich wollte ja das Fest abbrechen, aber einige hier", er wurde lauter, „einige scheinen zu glauben, dass Daniel das letzte Wort hat! Ich kann euch versichern, das ist nicht so."
„Wo ist der Scheißmongo überhaupt?", schrie Giovanni.
Wie gerufen, kam Daniel in diesem Moment in den Speisesaal. Er lächelte: „Morgen, Günni, war 'ne geile Fete, schade, dass du so müde warst."
Es gab ein paar Lacher.
Günni lief rot an. „Heute ist kein weiteres Programm. Heute Abend ist lange Filmnacht. Wir sehen ‚Die unendliche Geschichte' …"
Darauf schien sich nur Oswald aufrichtig zu freuen, am lautesten stöhnte Daniel. „Ach Günni! Man könnte meinen, du wärst böse auf mich! Ich hasse den Film." Jetzt lachten schon ein paar mehr.
„Er hat sogar Recht", sagte Giovanni leise. „Der Film ist zum Kotzen langweilig. Wir mussten den mal gucken, als Böttiger krank war. Umso besser, vielleicht schickt mich Günni ja vor heute Abend noch nach Hause."
Er stand auf und ging mit schnellen Schritten zu Daniel, der sich inzwischen gesetzt hatte.

Mit einem Tritt warf er den Stuhl mitsamt Daniel um, und schon lag er auf ihm und schlug mit beiden Fäusten auf ihn ein.
Es dauerte nur ein paar Sekunden, dann waren beide getrennt, es brauchte allerdings die ganze Lars-Gruppe, um Giovanni festzuhalten.
Daniel blutete aus der Nase und hatte eine dicke Lippe. Er schien ziemlich benommen.
„Es reicht jetzt!", schrie Günni. „Giovanni, du gehst auf dein Zimmer und bleibst dort den ganzen Tag. Auch den Abend. Zum Abendessen kannst du raus."
„Ich will nach Hause."
„Das entscheide ich! Und du, Daniel, du gehst jetzt vielleicht auch mal besser."
Diesmal gehorchte Daniel.

Der ganze Tag war im Grunde schon vorbei, bevor er angefangen hatte. Maximilian war die meiste Zeit in seinem Zimmer und las einen Krimi, den er seiner Mutter abgeluchst hatte: „Im falschen Licht". Er fand ihn etwas verwirrend. Einmal klopfte er bei Giovanni und erhielt keine Antwort, vorsichtig machte er die Tür einen Spalt weit auf und sah, dass Giovanni schlief.

Maximilian merkte, wie müde er selbst war.
Er schaute noch bei Suna vorbei, die sagte, es gehe ihr gut. Er wusste, dass das gelogen war, aber er wusste nicht, was er tun sollte, und ging wieder.
Er lag auf seinem Bett, las, fiel in einen wirren Halbschlaf, las, döste, konnte nicht richtig schlafen, blieb aber liegen, bis es Zeit fürs Abendessen war.

Daniel war nicht da, und Günni schien wieder besser beieinander zu sein. Er hielt noch einmal eine Ansprache, wo er ernste Konsequenzen ankündigte, falls sich „so etwas" wiederholen sollte. „Und Giovanni, auch wenn ich verstehe, dass du wütend auf Daniel warst, das geht so nicht. Daniel isst im Haus, damit ihr zwei Streithähne heute nicht noch mal aufeinandertrefft." Giovanni meldete sich wie ein braver Schüler. „Ja? Du willst etwas sagen?"
„Darf ich morgen nach Hause, wenn ich ihm noch mal eine verpasse?"
Günni lächelte dünn: „Wer weiß schon, was morgen sein wird."

Maximilian musste Giovanni Recht geben, auch er fand den Film furchtbar. So unauffällig, wie das mit dem quietschenden Gehwagen ging, schlich er sich aus dem Filmraum. Auch der war im Untergeschoss, und bis Maximilian seinen Wagen die Treppe hochgewuchtet hatte, war er ziemlich außer Atem. Wenigstens hatte der den Krimi vorsichtshalber mitgenommen, er ließ sich auf den nächstbesten Sessel im Vorraum fallen und blätterte sich zu seinem Lesezeichen durch. Ein lautes Klacken ließ ihn hochschrecken. Jetzt erst sah er, dass Günni am Münztelefon stand. Offensichtlich hatte er den Hörer ziemlich heftig eingehängt, und er sah verärgert aus.
„Also, so geht das nicht! Film oder Zimmer!"
Maximilian hob beschwichtigend die Hände:
„Ich war außer Puste."
„Scheinst aber jetzt wieder Luft zu haben!"
„Genau", Maximilian stand auf. „Dann gehe ich jetzt in mein Zimmer."
„Und nicht in das von deinem tollen Kumpel! Ich kontrolliere das!" Günni zitterte, es war besser, zu gehen. „Frühstück ist morgen ausnahmsweise erst um zehn, ich denke, es ist gut, wenn sich alle mal ausschlafen. Aber es wird geschlafen!"
„Nein, nein. Keine Angst." Maximilian stand auf und freute sich auf zu Hause, auf Eltern, den Rest

der Ferien, die Schule, sogar die Querflöte. Aber wenn nicht einmal Giovanni heimgeschickt wurde, was sollte dann er anstellen?
Während er den mittlerweile vertrauten Weg ging, kam die Müdigkeit wieder, eigentlich logisch, so richtig geschlafen hatte er ja gar nicht. ‚Die dritte Nacht', dachte er, ‚und dann nur noch vier'. Aber da irrte er sich.

KAPITEL 5

Suna weckte Maximilian. Es war schon fast Mittag, er hatte verschlafen. Er verstand nicht gleich, dann doch, und dann war er hellwach. „Daniel ist totgeschlagen worden. Und Giovanni ist verschwunden!"

Günni stand sichtlich angeschlagen mitten auf der Wiese, ein paar Angestellte, vor allem aber alle anderen aus der Reisegruppe standen um ihn herum. Maximilian beeilte sich, so gut er konnte, die vorausrennende Suna einzuholen, um wenigstens noch etwas mitzubekommen.
„ … Ihr seid doch gute Schwimmer, bitte schaut mal, ob ihr Giovanni im Teich findet."
Lars und seine Kumpels nickten und gingen auch sofort los.
„Wieso im Teich?", rief Suna.
„Er hat ja wohl Daniel totgeschlagen! Er wäre ja nicht der Erste, den so was in den Selbstmord treibt!"
Maximilian erschrak, gleichzeitig dachte er, dass Giovanni beides nie tun würde. Und er konnte schwimmen. Er schaute zu Suna, deren Augen

vor Angst geweitet waren. Er schüttelte den Kopf, sie schien zu verstehen.
Günni schwitzte, das Hemd klebte ihm am Körper, dabei war es nicht heißer als am Vortag.
„Viel wahrscheinlicher ist aber“, Günni schaute dabei sehr deutlich in Sunas und Maximilians Richtung, „dass Giovanni Panik bekommen hat und abgehauen ist, nachdem er gemerkt hat, dass er Daniel …“ Er senkte den Blick. „Die Polizei und ein Rettungswagen sind unterwegs, wobei ich fürchte, dass wir den Rettungswagen gar nicht brauchen werden, so wie Daniel zugerichtet ist.“ Seine Stimme wurde leiser. „Ich hatte mich gewundert, dass bei ihm Licht brannte, und habe geklopft, da habe ich gesehen, dass die Tür gar nicht geschlossen war …“ Günnis Stimme wurde brüchig. „Leider hat mir der Streifenwagen gesagt, dass es länger dauert, bis sie da sind. Irgendein Idiot hat mitten in der Nacht eine ganze Wagenladung Holz auf der Straße verloren, und es gibt nur diese Zufahrt, sonst wären wenigstens die Sanitäter schon da, schätzungsweise fünf Kubikmeter müssen die noch wegräumen, das dauert … Ihr solltet zusammenbleiben und nicht in den Wald gehen …“
„Auf jeden Fall sollten die Mädchen und ich

auf dem Gelände bleiben", sagte Oswald mit zitternder Stimme, „da wir körperlich Herrn Giovanni unterlegen wären."
„Und die Ausländer jagen den Ausländer?", rief Sergej höhnisch. „Vielleicht brauchen wir dich ja, vielleicht greift uns ja im Wald eine Rolltreppe an!" Offensichtlich hatte Oswald seine Geschichte schon mehr als einmal erzählt.
„Es ist ein Fall für die Polizei! Und ich bin voller Vertrauen, dass diese die Sache ..."
Maximilian zupfte Suna am Ärmel. „Komm, gehen wir auf mein Zimmer ..."

Zunächst saßen sie nur nebeneinander auf dem Bett, beide waren voll und ganz damit beschäftigt, ihren Gedanken nachzuhängen. Inzwischen schwitzte auch Maximilian, es wurde zunehmend schwül.
„Hoffentlich ist er nicht im Teich ..."
Maximilian schüttelte den Kopf. „Der Teich ist nicht groß, und er kann gut schwimmen ... Ich schätze mal, Lars und seine Kumpels haben ein schlechtes Gewissen, sonst würden die jetzt gar nicht so eifrig tauchen ..." Er unterbrach sich, weil er merkte, dass er Suna an die Wette erinnerte, schnell sagte er: „Ich glaube, er ist

im Wald, aus irgendeinem Grund. Aber ganz bestimmt ist er kein Mörder oder Totschläger."
Suna schüttelte den Kopf: „Nein, das ist er nicht." Nach einer Pause fragte sie: „Und falls doch?"

Maximilian schaute aus dem Fenster: „Sieht nach Gewitter aus …"
Alle möglichen Gedanken purzelten durch seinen Kopf, es dauerte eine Weile, bis sie sich ein wenig ordneten. Am besten ging es noch, wenn er sie aussprach: „Also, wenn die Polizei kommt, werden die bald wissen, dass wir zusammengehören. Die einzige Chance, Giovanni zu erreichen, ist mein Handy. Ich schätze mal, die nehmen uns allen die Handys ab, und dann gibt es nur noch das Münztelefon im Haupthaus …"
„Ich hab' kein Handy."
„Ich auch nicht", sagte er.
„Wie?"
„Natürlich habe ich eines, aber das müssen die nicht wissen! Niemand hat mich mit dem Handy gesehen. Als ich im Zug auf die Uhr geschaut habe, waren wir allein. Und denk dran: Ich habe meine Nummer auf dem Anmeldeformular nicht angegeben."

Suna nickte: „Nur, wenn sie dir nicht glauben …"
„Durchsuchen sie mein Zimmer!" Maximilian fasste eilig in seine Hosentasche. „Da, nimm es, und versteck es irgendwo auf dem Gelände, so, dass sie es nicht gleich finden … Aber vorher …", er drückte ein paar Tasten, hielt das Handy ans Ohr. „Nein, er hat es abgeschaltet."
„Man kann Handys doch orten, wenn sie an sind", sagte Suna.
Maximilian schaute sie an: „Meinst du, Giovanni denkt an so was?"
Suna zuckte mit den Achseln: „Vielleicht schon … Ist ja irgendwie gangstermäßig. Allerdings erreichen wir ihn dann nie."
„Na ja", Maximilian glaubte sich selbst nicht so ganz. „Vielleicht macht er es zwischendurch an und hört seine Mailbox ab."
„Ob er daran denkt, weiß ich nicht", sagte Suna, „aber gib's mir mal, ich versteck' es." Sie war schon an der Tür, als sie sich noch einmal umdrehte: „Dann sollten wir ihm aber jetzt draufsprechen, oder?"
Maximilian fasste sich an den Kopf: „Ja, Scheiße, ich bin so blöd!"
Als er gerade gewählt hatte, hörte man die Sirenen von Polizei und Krankenwagen. In aller Eile brachte er nur heraus: „Hör das immer mal

ab, und dann mach dein Handy wieder aus, damit sie dich nicht orten!“ Und zu Suna: „Mach schnell!“

Daniel lebte, so viel bekamen sie mit, auch wenn die vier Polizisten, besser gesagt: drei Polizisten und eine Polizistin, sie immer wieder wegscheuchten. Aber die Notärzte machten ein ernstes Gesicht.
Ansonsten war es so, wie Maximilian es vorausgesehen hatte: Sie mussten ihre Handys abgeben und sich im Speisesaal versammeln. Der älteste der Polizisten stellte sich als Herr Schneider vor. Er wirkte sehr nervös, und Maximilian überlegte, ob dieser Landpolizist in dieser einsamen Gegend schon oft solch einen Fall gehabt hatte. Wahrscheinlich nicht. Das war vielleicht Giovannis Chance. Aber eine Chance auf was? Und hatte er diese Chance verdient?
„Wir mussten eure Handys einsammeln“, sagte Schneider, und seine Stimme klang etwas schrill. „Weil man nie wissen kann, ob jemand mit ihm unter einer Decke steckt. Ihr dürft eure Eltern anrufen, Günni … Herr Lemke hat das Telefon so geschaltet, dass ihr keine Münzen braucht. Aber meine Kollegin, Frau Sauer, oder Herr Billing“,

er deutete auf einen weiteren Polizisten (der und Frau Sauer schienen die jüngsten zu sein), „müssen dabei sein. Damit ihr nicht diesen Jungen anruft. Spätestens morgen früh haben wir organisiert, dass ihr abreisen könnt. Jetzt kommt gleich noch ein Mannschaftswagen mit sechs Kollegen, mehr Verstärkung werden wir aber erst heute Abend zusammenhaben. Ihr bleibt bitte hier im Haupthaus bei Frau Sauer. Wir müssen eure Zimmer durchsuchen!"
Maximilian hatte den Eindruck, dass Frau Sauer nicht so sonderlich entzückt war, die Aufpasserin spielen zu müssen.
Vielleicht war sie dann auch nicht so wachsam.

Wie spät war es? Fast hätte er in seine Hosentasche gefasst, aber dann fiel ihm wieder ein, dass sein Handy ja weg war. Die Polizistin ging in den Eingangsbereich, der andere, den Schneider als Herrn Billing vorgestellt hatte, blieb bei ihnen, schien es aber mit der Bewachung nicht allzu genau zu nehmen. Wenn sich Maximilian so umschaute, konnte er das auch verstehen:
Die drei Tierheimmädchen heulten still vor sich hin, Lars und seine Kumpels sahen von ihren Tauchübungen noch ziemlich erschöpft aus,

Sergej, der sich wohl etwas mit Erkan und Gökmen angefreundet hatte, saß mit den beiden ein paar Tische weiter, sie unterhielten sich leise. Soweit Maximilian verstand, nicht einmal über ihre besondere Situation, sondern über Fußball. Oswald rückte seinen Stuhl in die Nähe von Billing.

„Bei den Aufgaben der Polizei heutzutage", hörte ihn Maximilian sagen, „ist ein hohes Maß an diskreter Effizienz vonnöten, nicht wahr? Und effizienter Diskretion!"

„Wie bitte?", fragte Billing.

Unauffällig nahm er Blickkontakt mit Suna auf, die bis jetzt alleine am übernächsten Tisch saß. Billing schaute aus dem Fenster. Suna stand auf und ging zu Maximilian. „Hinter dem Schwimmbecken", sagte sie leise. „Da ist so ein kleiner Kasten – für Sicherungen oder so, auf jeden Fall, da habe ich es hineingelegt!"

„Sehr gut!" Maximilian lächelte etwas gequält. Zum Schwimmbecken hatte er ewig gebraucht, aber er wollte ihr keine Vorwürfe machen. Über der Essensausgabe schräg gegenüber hing eine Uhr, die war ihm die ersten zwei Tage nicht aufgefallen.

„Stimmt die Uhrzeit?", fragte er, „gleich drei?"

Suna, die ganz altmodisch eine Armbanduhr

trug, nickte. „Warum? Ist das wichtig?"
„Ich weiß nicht", Maximilian kratzte sich nachdenklich im Genick. „Ist noch lange hell, Schneider hat gesagt, am Abend kommt Verstärkung. Giovanni muss sich stellen, die finden ihn sowieso, spätestens morgen."
Suna nickte. „Glaubst du inzwischen doch, er war es?"
Maximilian schüttelte den Kopf. „Aber ich verstehe eben überhaupt nicht, warum er abgehauen ist …"

Draußen kam jetzt die Verstärkung an. Schneider gestikulierte wild, deutete auch auf den Teich. Zwei der Neuankömmlinge machten sich dorthin auf den Weg.
„Gibt es hier eigentlich noch was anderes als Wald? Du hast doch einen Reiseführer!", wandte sich Maximilian wieder an Suna.
„Das Kaff, wo wir angekommen sind, die Straße hierher, ansonsten sind die nächsten Orte alle ein paar Kilometer weg. Ich glaube nicht, dass er da ohne Landkarte hinkommt."
„Außerdem", ergänzte Maximilian. „Hat man die umliegenden Ortschaften sicher informiert, irgendeinen Dorfpolizisten gibt es ja überall.

Und Sizilianer fallen hier auf. Giovanni fällt sowieso überall auf."
Suna nickte. „Das heißt ...", sagte sie.
„Er ist hier irgendwo im Wald." Maximilian schaute aus dem Fenster. So klar hatte er sich das noch gar nicht gemacht, Wolkenstein war im Grunde eine große Lichtung, eine Insel, durchzogen von diesem einen Weg, der an Günnis Haus vorbei in den Wald führte, Haupt- und Schlafhaus miteinander verband und ein gutes Stück weiter hinten dann wieder zwischen den Bäumen verschwand.
Leise sagte Maximilian: „Unter den Linden ..."
Er dachte nach, schüttelte den Kopf, dachte wieder nach. „Solange es hell ist, kommen wir nicht an mein Handy ran, die lassen uns ja im Moment gar nicht raus. Wenn wir ihn erreichen wollen, müssen wir anders vorgehen ..."

„Es gibt einen Notausgang!", sagte Suna. „Unten kommt man in den Heizungskeller und von dort nach draußen."
„Woher weißt du das?", fragte Maximilian.
„Die Tür ist im Kuschelraum", sagte Suna und schaute weg. Dann stand sie rasch auf: „Ich muss auf die Toilette!" Billing nickte gelangweilt.

Im Vorraum saß die Polizistin und schien sich noch mehr zu langweilen als ihr Kollege.
„Entschuldigen Sie", sagte Suna. „Der Junge, den jetzt alle suchen, ist mein Freund …"
„Und?", Sauer sah freundlich aus.
„Ich möchte gerne kurz alleine sein", Suna hatte das Gefühl, rot zu werden, aber wenn man das Gefühl hat, wird man es nicht, hatte sie mal gelesen. „Unten gibt es einen Raum zum Ausruhen."
Sauer nickte. „Aber nur ein paar Minuten. Wenn mein Chef das mitkriegt, darf ich nicht einmal mehr das Telefon bewachen!"
„Ja, nur ganz kurz!" Suna wandte sich ab und ging rasch die Treppe hinunter. Sie hatte immer ein schlechtes Gewissen, wenn sie log. Das war einer der Gründe, warum alle sie für eine Streberin hielten – sie konnte einfach nicht spicken oder sonst wie schummeln, sie war zu ehrlich, selbst wenn sie anders sein wollte, sie war nun mal so. (Der zweite Grund, warum sie alle für eine Streberin hielten, war, dass sie ein kleines bisschen eine Streberin war – tief drinnen wusste sie das.)
Als sie die Klinke drückte, schloss sie die Augen. Ihr wurde schlecht. Die ganze Beschämung war wieder da. Fast wäre sie wieder hochgerannt.

Dann stampfte sie auf, holte tief Luft und ging mit raschen Schritten zur blauen Stahltür zum Heizungsraum. Sie war unverschlossen, wie Daniel gesagt hatte.
Daniel – tat er ihr leid? Sie wusste es nicht.
Im Heizungskeller war es durch Lichtschächte einigermaßen hell. Sie konnte die Tür ins Freie gut sehen.
Vorsichtig drückte sie die Klinke – und konnte sich einen leisen Fluch nicht verkneifen, ob absichtlich oder zufällig – der Mannschaftswagen der Polizei war genau vor der Tür geparkt – und zwar so nahe, dass sie sich unmöglich weit genug öffnen ließ. Wenigstens war der Spalt so eng, dass niemand durchgekommen wäre – ihr Speckring war also nicht schuld.

„Na, hast du dich ein bisschen beruhigt?", fragte die Polizistin freundlich. Suna nickte: „Ja, vielen Dank."
Als sie in den Speisesaal zurückkam, schüttelte Maximilian den Kopf, er kapierte gleich, dass sie das in der kurzen Zeit nicht hätte schaffen können. Sie setzte sich wieder neben ihn.
„Selbst wenn du rausgekommen wärst, hättest du es ja noch bis zum Schwimmbad schaffen

müssen, ich wollt' es noch sagen, aber du warst so schnell weg."
„Also können wir nichts machen?"
Maximilian wiegte nachdenklich den Kopf. „Ich habe da so eine Idee ... Schneider war gerade da und hat gesagt, dass wir in einer Viertelstunde in unsere Zimmer dürfen, allerdings sollen wir dort dann auch erstmal bleiben, Schneider lässt das Schlafhaus bewachen. Trotzdem, vielleicht können wir was versuchen. Ich erklär's dir, wenn wir unter uns sind."

KAPITEL 6

Suna fühlte sich mal wieder so richtig als Hauptschülerin, und sie hatte den Eindruck, dass Maximilian auch etwas in diese Richtung dachte.
„Erklär's mir noch einmal", sagte sie leise. „Ich hab es fast."
„Ich habe Hunger", sagte Maximilian erschöpft. „Und vielleicht ist es ja eine blöde Idee …"
Man hatte ihnen ein paar Sandwiches und was zu trinken gebracht, angerührt hatten sie es noch nicht.
„Noch einmal. Bitte!"
Er seufzte: „Also! Giovanni und ich haben gespielt, und Giovanni fand den Straßennamen ‚Unter den Linden' komisch …"
„Warum?"
„Weiß ich nicht!", schrie Maximilian. – „Entschuldigung!"
Suna nickte, aber sie war den Tränen nah. Maximilian riss sich so gut zusammen, wie er konnte, das sah man. Sie auch.
„Also", fuhr er fort. „Giovanni hat gesagt, dass man den Weg, der an Günnis Haus vorbeiführt, ‚Unter den Linden' nennen könnte … Ich versuche, die Polizei zu überzeugen, dass er

genau die andere Seite, wo der Weg aus dem Wald hinausführt oder hereinführt, wie du willst, also das andere Ende des Weges, so nennt."
„Ist der Weg da wirklich zu Ende?"
„Nein", Maximilian fasste sich an den Kopf, „er führt in den Wald. Glaube ich zumindest, besser gesagt, ich bin mir sicher, aber ich war natürlich noch nicht dort. Aber warum soll er dort enden, verdammt! Meine Schuld!", sagte er schnell, denn er sah, dass Suna schon wieder nasse Augen bekam. „Ich habe mich ungenau ausgedrückt, okay?"
„Okay."
„Lass uns was essen … Lass uns was essen!"
„Okay."

Schweigend schlangen sie die Brote herunter, tranken, dann versuchte es Maximilian wieder. „Also, ich rufe ihn in Anwesenheit der Polizei an und spreche ihm auf die Mailbox: ‚Wir treffen uns *Unter den Linden*', ich führe die Polizisten ans falsche Ende des Wegs, und du schleichst dich zum richtigen, verstehst du?"
„Aber dein Handy ist doch weg!"
„Ich denke, die Polizisten würden mir eines leihen."

„Aber die Nummer …"
„Er kennt meine Nummer nicht, ich habe ihn nur ein paar Mal angerufen …"
„Aber vorhin!"
Maximilian seufzte: „Wir können es doch versuchen! Vielleicht hört er seine Mailbox ab, vielleicht klappt es!"
„Und wie soll ich dahin kommen?
Er trat ans Fenster: „Ich werde sagen, dass ich Schutz brauche, wegen der Glasknochen. Wahrscheinlich bleiben nur diese Sauer und ihr Kollege hier. Probier einfach, abzuhauen! Lauf rechts um den Teich herum und dann am Waldrand entlang. Hast du's kapiert?"
„Ich glaube schon."
„Und dann sag' ihm, dass er keine Chance hat, dass er sich unbedingt stellen soll! Egal, was war!"
Suna nickte. „Meinst du nicht, er gibt sowieso bald auf?"
Maximilian seufzte, massierte sich die Schläfen: „Ich weiß überhaupt nicht, was ich denken soll. Aber er ist stur. Außerdem – irgendwas müssen wir einfach unternehmen."
„Ich probier's."

Schneider sah skeptisch aus. „Wenn er dein Freund ist, warum bist du dann plötzlich so hilfsbereit? Und warum jetzt erst?“
Maximilian hatte keine Ahnung, ob er ein guter Schauspieler war, aber er musste jetzt mindestens so tun. „Na ja, ich habe eben Zeit gebraucht … Ist nicht leicht, einen Kumpel zu verraten, aber nachdem, was er getan hat …“
Sie saßen im Speisesaal, der inzwischen so eine Art improvisiertes Büro für die Polizisten war.
„Die Verstärkung ist in ein paar Stunden da“, sagte einer der Polizisten. „Mit Hunden, da haben wir ihn dann sowieso bald.“
Schneider fuhr sich verzweifelt durch die Haare. „Ich verstehe ja, dass Günni total von der Rolle war, aber wenn er ein bisschen mehr gesagt hätte, wären wir gleich mit viel mehr Leuten gekommen. Er hat nur gesagt: ‚Kommt schnell, bringt einen Krankenwagen mit …‘ Der Schock, schon klar … Bis die kommen, ist es vielleicht fast dunkel, ein Gewitter ist auch angesagt, das mögen die Hunde nicht. Und was morgen hier los ist, wenn die Presse das erfährt …“, er schaute Maximilian an, holte sein Handy aus der Hosentasche. „Ruf ihn an.“
Zitternd wählte Maximilian die Nummer.
Er wartete auf die Maschinenstimme, die

die Mailbox ankündigte – aber Giovanni selbst war am Apparat.
„Hallo!"
Maximilian erschrak fürchterlich: „Falls du das abhörst, wir treffen uns unter den Linden."
„Wie … Massimo, bist du das? Wieso abhören? Ich bin doch dran. Ich hab so Durst und so Hunger … Ich hab ihn geschlagen, aber ich hab nicht gewusst, dass er Bluter ist …"
„Unter den Linden!", wiederholte Maximilian und legte auf. Ihm wurde schwindelig.

Langsam zog sich der Himmel zu. Suna schaute auf die Uhr. Gleich sechs – eigentlich noch keine Abendstimmung im Sommer, aber aus dem Tal zogen gewaltige Gewitterwolken auf. Sie sah Maximilian mit den Polizisten losgehen, es hatte also geklappt, und es waren wohl nur Sauer und Billing bei den Häusern geblieben. Leise ging sie aus ihrem Zimmer und die Treppe hinunter. Billing saß vor dem Schlafhaus auf den Stufen und rauchte, wahrscheinlich war Sauer im Haupthaus, zumindest war sie nicht zu sehen. Billing hatte Suna bis jetzt nicht bemerkt. Rechts von ihr waren Türen zu weiteren Zimmern, die aber im Moment nicht genutzt wurden. Obwohl das im Moment wirklich nicht ihr Problem war, dachte sie, dass ein Zimmer hier unten für Maximilian viel besser gewesen wäre, und fragte sich gleich, die brave Suna, ob sie das Recht hatte, so zu denken, vielleicht waren das ja doch keine Übernachtungszimmer … Sie drückte eine Klinke, die Tür war nicht abgeschlossen. Es war ein Übernachtungszimmer, und sie brauchte einen Moment, bis sie nicht mehr die brave Suna war, sondern nur noch das Fenster sah und kapierte, welche Chance das jetzt bedeutete. Vorsichtig schaute sie noch einmal nach Billing. Er saß immer noch mit dem Rücken zum Haus, hatte sie nicht bemerkt. Leise zog sie die Tür hinter sich zu, ging zum Fenster und öffnete es.

Es war ein eigenartiges Gefühl, allein zu sein und eben doch nicht. Maximilian stand mit seinem Gehwagen im Wald, der Weg war nur bis zu den ersten Bäumen asphaltiert, die letzten 100 Meter hatten ihn gewaltig angestrengt, immer wieder war er in den Wurzeln hängen geblieben, aber je weiter weg er die Polizisten führte, desto besser war das.
Acht Polizisten waren in seiner unmittelbaren Nähe versteckt. Er sah keinen von ihnen. Die

Schwüle war erdrückend, die Vögel waren verstummt. Er hatte Zeit, nachzudenken, und was es zu denken gab, war nicht schön: Giovanni war tatsächlich schuld. Er war wirklich zu Daniel gegangen.

Wenn Bluter sich verletzen, hören sie nicht auf, zu bluten, weil ihnen ein Gerinnungsstoff fehlt, das hatten sie in der Schule gelernt. Machte es jetzt noch Sinn, was sie taten?

Er hatte nicht die Gelegenheit gehabt, Suna diese schreckliche Neuigkeit mitzuteilen, aber sie sollte Giovanni ja ohnehin überreden, sich zu stellen, das würde man ihm vor Gericht zugutehalten, mehr konnte man jetzt gar nicht für ihn tun.

Sein rechtes Kniegelenk schmerzte, er hatte sich überanstrengt, trotzdem musste er so lange wie möglich hier bleiben, damit Suna überhaupt eine Chance hatte. Er nahm sich zusammen.

Suna ging über die Wiese. Links vor ihr lag das Haupthaus, die Polizistin war noch immer nicht zu sehen. Wenn sie sich leicht nach rechts hielt, war es unwahrscheinlich, dass Billing sie bemerkte, er musste dann schon ums Haus herumgehen.

Sie hatte sich überlegt, nicht direkt auf den Wald zuzugehen, wie Maximilian das vorgeschlagen hatte, sondern einen Bogen nach rechts zu schlagen und erst dann auf den Wald zuzugehen und sich hinter der ersten Baumreihe an Schwimmbad, Teich und Haupthaus vorbei zum möglichen Treffpunkt mit Giovanni vorzuarbeiten. Sie hatte Angst – nicht, dass ihr jemand wirklich was tun könnte, sondern, dass es mal wieder schiefgehen könnte, was sie sich überlegt hatte.

Maximilian hielt es nicht mehr aus. Er setzte sich auf den Boden, dann würde er halt dreckig. Das war ja jetzt wirklich egal. Irgendwas zwickte ihn ins Bein. Er hatte mal gelesen, Ameisenbisse förderten die Durchblutung – und nahm sich wieder zusammen. Wie immer.

Es schien zu klappen, und es war gar nicht so mühsam, wie sie erwartet hatte, zwischen den Bäumen war ausreichend Platz. Suna linste durch die Zweige. Da hinten war das Schwimmbad. Plötzlich hatte sie eine Idee. Mit schnellen Schritten trat sie aus dem Gebüsch, das Herz schlug ihr bis zum Hals. Der kleine Kasten, Maximilians Handy, sie hatte es.

Maximilian bekam den ersten Tropfen ab, dann blitzte es, er zählte die Sekunden bis zum Donner. Eins, zwei, schon grollte es gewaltig. Das Gewitter war schon ziemlich nah.
Schneider tauchte hinter einem Holzstapel auf. „Wir brechen das ab, bei Gewitter ist es zu gefährlich. Der kommt sowieso nicht!"
Maximilian war, wenn er ehrlich war, erleichtert. Der zweite Tropfen. Sie machten sich auf den Rückweg. Maximilian hinkte, ging möglichst langsam, nicht nur wegen der Schmerzen.

Suna war fast auf der Höhe von Günnis Haus angekommen, als sich das nächste Mal die Möglichkeit bot, das Gelände zu überblicken. Leider sah sie, dass Billing mit Sauer auf dem Weg zum Treffpunkt war, sie konnte gerade noch hinter den nächsten Baum springen.
Die beiden redeten miteinander, besser gesagt, Sauer redete auf ihren Kollegen ein. Vorsichtig schlich Suna weiter. Irgendwie hatte sie das Gefühl, es könnte wichtig sein, mitzukriegen,

was die beiden besprachen. Sie fühlte sich einigermaßen sicher, der einsetzende Regen überdeckte das Geräusch ihrer Schritte.

Irgendwann wurde es einem der Polizisten offensichtlich zu bunt, er hob Maximilian hoch und warf ihn sich wie einen Kartoffelsack über die Schultern. „Ich habe keine Lust, bis auf die Haut nass zu werden, komm Bernd, nimm du mal den Einkaufswagen!"
„Das ist ein Gehwagen, auch Rollator genannt!", sagte Maximilian, seine Stimme zitterte vor Wut.
„Ey, dein Rucksack kann sprechen", rief einer.
Alle lachten, auch Schneider.

„Der Chef ist ein Idiot", hörte Suna die Polizistin sagen. „Das weißt du ganz genau!"
„Aber er ist der Chef", sagte Billing gleichgültig.
„Findest du nicht, dass das ein bisschen seltsam ist? Die drei Kids sind doch ein eingespieltes Team! Und Maximilian verrät seinen Kumpel schon nach ein paar Stunden?"
„Wenn mein Kumpel einen anderen fast totgeschlagen hat, will ich auch nichts mehr von ihm wissen."

„Aber das ist doch noch gar nicht bewiesen! Schneider ermittelt nur in diese Richtung! Ein junger Mann ist fast totgeschlagen worden, ein Junge ist verschwunden! Schneider ist nicht neutral! Dieser Lemke hier ist doch ein Freund von ihm. Er lässt mich das leere Haupthaus bewachen. ‚Zur Sicherheit' – er ist restlos überfordert!"
„Gut", sagte Billing. „Der arme Chef ist überfordert. Und was machen wir jetzt?"
Sauer klang wütend: „Wir sind so weit weg von den anderen, wie es nur geht. Ich glaube, dass der Junge das wollte. Vielleicht trifft sich das Mädchen hier mit dem Gesuchten."
Suna wurde es kalt in ihrem Versteck, und das lag nicht nur am immer stärker einsetzenden Regen.
„Ach, Quatsch!", rief Billing ärgerlich. „Hier ist niemand, es ist auch niemand aus dem Haus rausgegangen, und ich habe keine Lust, mich nassregnen zu lassen!"
„Du hast niemanden rausgelassen?"
„Nein!"
„Hast du überprüft, ob alle da sind?"
„Wollt ich gerade, dann hast du mich gerufen!"
Sauer seufzte: „Klar, ich bin schuld. Dann schauen wir doch nachher mal, ob das Mädchen

in seinem Zimmer ist! Wenn ja, habe ich Unrecht. Schneider wird sich freuen!"
„Du bist nur sauer, weil Schneider dich nichts machen lässt, er mag halt keine Frauen!"
„Stimmt! Ich heiße nicht nur ‚Sauer', jetzt bin ich es auch! Dich lässt er übrigens nichts machen, weil er dich für dämlich hält. Und damit hat er Recht!"
Bisher hatte es einfach geregnet, von einer Sekunde auf die andere brach jetzt das Gewitter los. Es goss wie aus Kübeln.
„Hier bleibe ich nicht!", rief Billing zornig. „Und dein Mädchen mit Sicherheit auch nicht, wenn es denn hier sein sollte!"
„Dann zum Schlafhaus!", auch Sauer wurde laut.
„Von wegen!" rief Billing. „Ich stell' mich da unter, und ich rate dir, das Gleiche zu tun."
„Das ist doch das Haus von Lemke, wo ist der überhaupt?", Sauers Stimme wurde leiser, anscheinend folgte sie Billing.
Suna riskierte einen Blick, der Regen war so stark, das man kaum mehr als bei dichtem Nebel sehen konnte. Billing und Sauer standen tatsächlich bei Günnis Haus, hatten offensichtlich geklingelt.
Aber Günni schien nicht da zu sein.

KAPITEL 7

Suna rannte durch den Regen, sie dachte sich schon, dass die Gruppe mit Maximilian ebenfalls auf dem Rückweg sein könnte, aber sie hatte trotzdem ein Stück durch den Wald zurückgehen müssen, sonst hätten Billing und Sauer sie sehen können. Das hatte Zeit gekostet.
Normalerweise fürchtete sie sich vor Gewittern, und wenn sie sich richtig an ihren Physikunterricht erinnerte, war es auch ziemlich gefährlich, das zu tun, was sie gerade tat – nämlich bei einem heftigen Gewitter über eine Wiese zu rennen. Inzwischen verging kaum noch Zeit zwischen dem Einschlag der Blitze und ohrenbetäubendem Donner.
Aber sie hatte Glück – was das Gewitter betraf und auch sonst. Der Ort, an den Maximilian die Polizisten gelockt hatte, war doch um einiges weiter weg vom Schlafhaus als Günnis Haus.
Sie war rechtzeitig zurück.
Als sie im Haus war, dachte sie noch daran, das Fenster im Erdgeschoss zu schließen, dann wollte sie nur noch heiß duschen.

„Sie können mich jetzt runterlassen", sagte Maximilian. „In mein Zimmer würde ich gerne alleine gehen. Es ist auch so schon peinlich genug."
„Na, dann spring doch ab", sagte der Polizist vergnügt. Sie standen unter dem Vordach, der Regen prasselte wie eine Maschinengewehrsalve – sie waren auch so nass bis auf die Haut geworden.
„Das geht nicht", sagte Maximilian und versuchte, möglichst normal zu klingen, nicht zu schreien. „Ich kann nicht abspringen. Ich leide an der so genannten Glasknochenkrankheit. Ich würde mir höchstwahrscheinlich was brechen. Aber ich kann laufen, ich bin kein Gepäckstück."
Immerhin lachte jetzt niemand mehr, und der Polizist ließ ihn vorsichtig herunter – sagte sogar so etwas wie: „Nichts für ungut."
Maximilian packte seinen Gehwagen und schleifte ihn hinter sich die Treppe hoch, ließ ihn dabei an jeder Stufe so laut scheppern, wie es nur ging.

Suna hatte sich frisch angezogen und fühlte sich besser. Allerdings merkte sie jetzt schon, wie sie Muskelkater bekam, die größte Sportlerin war sie

wirklich nicht. Sie kniff sich genervt in ihren Speckring und überlegte, ob sie den vielleicht durch Joggen losbekommen könnte, dachte dann, dass sie jetzt ganz andere Sorgen hatte, und schämte sich etwas, die brave Suna.
Es klopfte. Im letzten Moment fiel ihr Blick auf Maximilians Handy, sie steckte es rasch ein und sagte: „Ja, bitte?“
Sauer und Billing standen in tropfenden Uniformen vor der Tür. „Bitteschön!“, sagte Billing. „Die ist nicht so blöd wie wir.“
Ziemlich genervt drehte er sich auf dem Absatz um und ging davon, Sauer schaute Suna nachdenklich an. „Du hast dich umgezogen!“
„Ja!“, Suna versuchte, zu lächeln. „Sie wissen doch, wie Mädchen sind.“
„Nass geworden?“
„Wie denn! Ich konnte ja gar nicht raus.“
Sauer nickte nachdenklich. „Ja, natürlich, mein Kollege hat ja aufgepasst.“ Langsam ging sie davon.
Als sie schon ein paar Stufen treppab gegangen war, drehte sie sich noch einmal um und sagte: „Wenn es etwas gibt, was du nicht sagen kannst – man kann alles sagen, so einfach ist das.
Du kannst mir alles sagen. Ich bin nicht so wie mein Chef.“

Suna zuckte mit den Schultern. „Ich weiß nicht, wie ihr Chef ist."
Sauer wandte sich ab und sagte: „Sei froh."
Suna wartete, bis sie sicher war, dass die Polizistin nicht noch einmal zurückkommen würde, dann ging sie in schnellen Schritten zu Maximilians Zimmertür. Er hörte ihr Klopfen nicht, und es rauschte in der Wand. Offensichtlich duschte jetzt er. Vorsichtig drückte sie die Klinke, er hatte abgeschlossen.
Zwei der Tierschutzmädchen kamen vorbei, eine sagte: „Oh, die Witwe ist schon wieder auf der Suche nach Frischfleisch."
Suna drehte sich um, schaute sie an – und musste lachen. Kopfschüttelnd und durcheinander ging sie in ihr Zimmer. Etwas Neues war geschehen. Die blöde Bemerkung hatte ihr nichts ausgemacht. Sie hatte es geschafft, zwei Polizisten auszutricksen, und hatte auch noch Maximilians Handy zurückgeholt. Sie fühlte sich gut, wenigstens ein paar Sekunden lang, bis ihr Giovanni wieder einfiel. Seufzend legte sie sich aufs Bett. In ein paar Minuten würde sie noch mal rübergehen, Maximilian würde ja nicht ewig duschen. Und warum sollte sie das Handy eigentlich nicht selbst abhören? Sie nahm es aus der Tasche, klappte es auf – natürlich, es war

abgeschaltet und den PIN-Code kannte sie nicht. Sie streckte sich, gähnte, der Regen hörte langsam auf, aber er trommelte immer noch aufs Dach – ein Geräusch, das sie mochte und das sie immer schläfrig machte. Ihr fielen die Augen zu.

Maximilian hatte sich zu Ende geduscht und frische Sachen angezogen. Auch er lag auf dem Bett, beide Knie taten weh. Der Regen hatte aufgehört, die Abendsonne schien durchs Fenster. Er hörte Motorengeräusche – dann kam also endlich die Verstärkung.

Man würde Giovanni also wahrscheinlich bald fassen. Hoffentlich machte er dann keinen Scheiß. Maximilian wusste nicht, ob Giovanni vorbestraft war, aber er nahm mal an, dass da zumindest nichts Großes sein konnte, sonst hätte er bestimmt damit angegeben. Dann würde es vielleicht gar nicht so schlimm. Jugendstrafvollzug war ja eher Erziehung als Strafe, hatten sie in Gemeinschaftskunde gelernt.

Vielleicht könnte er ihn mal besuchen.

Er stellte sich vor, dass es für jemanden, der eingesperrt ist, wahrscheinlich nicht sehr schön wäre, Stadtpläne von irgendwelchen Weltstädten auswendig zu lernen.

Das würden sie dann wohl lassen müssen.
Er wurde entsetzlich traurig.

Es klopfte. Eine fremde Stimme befahl, in den Speisesaal zu gehen. Es klopfte an der nächsten Tür, die Stimme sagte das Gleiche.
Schneider hatte offensichtlich nichts mehr zu melden, er saß mit seinen Leuten ziemlich kleinlaut unter den Jugendlichen verteilt im Speisesaal.
Der, der jetzt sprach, trug keine Uniform. Er hatte sich vorgestellt, erster Hauptkommissar Tamm. Und er war wütend, das merkte man, auch wenn er sich bemühte, ruhig zu bleiben.
„Es tut mir leid, vor allem für euch, wenn das bisher hier etwas seltsam gewesen ist. Mein Kollege, der den Einsatz vorher leitete, ist solche Fälle nicht gewohnt."
Maximilian saß mit Suna am Tisch, neben dem Schneider und drei seiner Leute saßen, darunter der, der ihn getragen hatte. Er kannte sich mit so etwas nicht aus, aber er hatte den Eindruck, dass so eine öffentliche Kritik ziemlich unüblich war.
Er linste zu Schneider, der auf den Boden.
„Ein junger Mann ist schwer verletzt, ein anderer verschwunden, das heißt leider noch gar nichts.

Zumal die Kollegen reichlich spät kamen."
„Die Straße war …", rief Schneider.
„Danke, Sie erwähnten das Holz bereits. Jedenfalls können das zwei tragische Vorfälle sein, die völlig unabhängig voneinander geschehen sind, egal, was vorher passiert ist. Hier gibt es ja beispielsweise einen Teich …"
„Wir haben den Teich durchsucht!", rief Schneider.
„Aha!", nun wurde Tamm lauter. „Ein paar Kollegen in Uniform durchsuchen einen Teich, ohne nass zu werden! Wie geht denn das?"
„Der Teich ist nicht groß!", verteidigte sich Schneider.
„Sehr schön!", spottete Tamm. „Interessanter wäre es, wenn wir wüssten, wie tief er ist."
„Der ist nicht …", Schneider wurde rot. „Der ist sicher nicht tief."
„Nicht tief!", äffte ihn Tamm nach. „Etwas genauer könnte uns das vielleicht der Betreiber dieser Einrichtung sagen, wo ist der bitte?"
„Er ist nicht da!", sagte einer aus Tamms Gruppe.

„Das kann doch nicht sein!", jetzt wurde Tamm endgültig laut. „In einer völlig offenen Ermittlungssituation können Leute unbehelligt

das Gelände verlassen! Und noch dazu der Leiter dieser Einrichtung? Es ist alles möglich, es kann alles vollkommen anders sein, als wir glauben! Schneider hob beschwichtigend die Hände: „Hören Sie, bitte! Ich kenne Günni ... Herrn Lemke ... seit zehn Jahren, wir sind gemeinsam im Schützenverein. Und wir haben die Angestellten vernommen, ich meine, die waren ja gar nicht da zur Tatzeit, und der Nachtwächter hatte gestern frei ..."
„Bleibt Herr Lemke! Wie konnten Sie den einfach gehen lassen?"
Schneider konnte einem fast leidtun, der Schweiß stand ihm auf der Stirn: „Ja, wie gesagt, ich kenne ihn. Und ich meine, ich hatte alle Hände voll zu tun! Ich mache so was nicht jeden Tag. Irgendwann hat er mich gefragt, ob ich ihn gerade brauche, da habe ich nein gesagt. Ich hätte ja auch nicht gedacht, dass er so lange ..."
Tamm schaute ihn verächtlich an, sagte aber nichts. Stattdessen wandte er sich wieder an die Jugendlichen: „Ich habe gehört, dass ihr die Möglichkeit hattet, eure Eltern anzurufen. Wer hat das gemacht?"
Noch nicht einmal die Hälfte meldete sich. „Unglaublich!", schrie Tamm nun wieder in Schneiders Richtung. „Etliche Eltern erfahren

jetzt auf irgendwelchen Umwegen irgendwelche verzerrten Geschichten über einen Beinahe-Mord auf der Freizeit ihrer Kinder, und die Polizei hat sie nicht informiert!"

„Ich habe meiner Mutter sofort umfassende Informationen zukommen lassen, und sie erwog, sich an die Presse zu wenden, um Näheres in Erfahrung zu bringen!", rief Oswald eifrig.

„Und aus der Presse erfahren es dann die anderen Eltern!", Tamm schlug sich an die Stirn.

„Ich habe gedacht, die rufen alle zu Hause an!", versuchte es Schneider noch mal. „Ich meine, ich verstehe überhaupt nicht, warum ..."

„Weil sie Angst haben, geschockt sind, die Fragen ihrer Eltern fürchten, die sie nicht beantworten können, weil sie nicht darüber sprechen wollen, da es noch so nah ist, weil sie Kinder sind, die etwas erleben, worüber sie nichts gelernt haben!", Sauers Stimme klang schneidend.

Tamm schaute zu ihr: „Kollegin Sauer, stimmt's?"

Sie nickte. „Na, wenigstens eine, die ein bisschen Ahnung zu haben scheint."

Wieder in Schneiders Richtung: „Sie haben diese fähige Kollegin doch sicher intensiv in Ihre Überlegungen einbezogen?"

Schneider sagte nichts.

„Hat man die Familie dieses Jungen, dieses Giovanni, erreicht?"
Schneider schüttelte den Kopf.

„Sie sind auf einem Familienfest und kommen erst morgen oder übermorgen zurück", rief Suna und merkte, dass sie sich wieder einmal brav wie ein Schulmädchen meldete. Sofort nahm sie den Arm herunter. „Ich weiß leider nicht, wo", fuhr sie fort. „Die Familie lebt über ganz Deutschland verteilt."
„Und warum weiß ich das nicht?", schrie Schneider.
Suna zuckte mit den Schultern und merkte zugleich, wie sie weiche Knie bekam. Ein Wunder war also nicht geschehen, angebrüllt zu werden, machte ihr immer noch was aus.
„Ich nehme an, weil sie nicht gefragt wurde", sagte Tamm kalt. „Also", er drehte sich regelrecht weg, um Schneider nicht mehr zu sehen. „Ich muss euch bitten, erstmal wieder auf eure Zimmer zu gehen, wir müssen noch mal ganz neu anfangen, auch mit jedem von euch reden. Nehmt euch was aus der Küche mit. Wir geben umgehend allen Eltern Bescheid. Morgen, spätestens übermorgen habt ihr's überstanden,

wenn ihr jetzt kooperiert, und werdet nach Hause gebracht. Weitere Fragen können wir auch noch später klären."
Die Jugendlichen waren noch gar nicht richtig aufgestanden, als Tamm schon einen weiteren Mitarbeiter anwies, die Hundestaffel in den Wald zu führen, Maximilian schnappte einenSatzfetzen auf: „… wird schwierig nach dem Regen …", dann hörte er, schon im Gehen, dass Tamm eventuell auch Taucher anfordern wollte.

Er gab sich einen Ruck und rief: „Sie werden keine Taucher brauchen!" Suna blieb stehen.
Tamm schaute ihn an: „Warum?"
„Erstens kann er schwimmen, und zweitens würde er so was nie tun. Und drittens weiß ich, dass er lebt", sagte Maximilian leise. „Ich habe vorhin kurz mit ihm gesprochen. Und er war es."
Tamm schaute nicht mehr so entschlossen drein.
„Das musst du mir jetzt erklären …"
Maximilian nickte.
„Und alle anderen", sagte Tamm mit erhobener Stimme, „auf die Zimmer – Herr Schneider?"
„Ja?", er klang fast kindlich.
„Sie begleiten die jungen Leute."
„Ich sollte auch bleiben", sagte Suna.

KAPITEL 8

Auf dem Tisch lag Maximilians Handy.
„Also ihr habt reichlich eigenmächtig gehandelt", Tamm kippte einen Becher Kaffee wie Wasser herunter. Maximilian glaubte sogar, eine gewisse Anerkennung herauszuhören. „Und Sie hatten die richtige Idee", sagte Tamm in Sauers Richtung. Er hatte sie extra holen lassen.
Die Polizistin sah allerdings alles andere als glücklich darüber aus. „Ich hätte den Kollegen nicht vom Haus abziehen dürfen ... Aber ich dachte eben, dass der Junge, falls meine Idee gut war, vielleicht gefährlich sein könnte."
Tamm winkte ab. „Hat ja nichts geschadet. Der hervorragende Kollege Billing hat das Mädchen ja ohnehin nicht daran hindern können, den Plan durchzuführen. Und ...", in Maximilians Richtung: „Du zeigst mir mal nachher, wer da so geschmackvoll war, dich herumzutragen."
„Gern", sagte Maximilian und meinte es so.
„So", Tamm seufzte. „Jetzt mach uns mal dein Handy an. Ich glaub zwar nicht, dass wir so viel Glück haben, aber vielleicht ist ja was drauf. Eure Solotouren sind jetzt aber zu Ende, dann

vergesse ich das alles. Ich verstehe schon, dass ihr eurem Freund helfen wolltet."
Niemand sagte etwas.
„Was ist?", fragte Tamm. „Du schaltest mir jetzt bitte dein Handy ein, und dann geht ihr auf eure Zimmer!"
„Nein", sagte Maximilian und spürte sein Herz bis zum Hals schlagen.
„Wie, nein?", Tamm sah wirklich verblüfft aus.
„Entweder Sie lassen uns mithören, wenn was drauf ist, oder ich sage Ihnen meine PIN nicht."
Tamm lehnte sich zurück und fuhr sich durch die Haare.
In besonderen Momenten denkt man manchmal besonders dumme Sachen. Also dachte Maximilian jetzt, dass Tamm zwar jetzt noch viele Haare hatte, aber vielleicht einmal eine Glatze bekommen würde. Man sah es an den Schläfen.
„Hör mal, Junge!", sagte Tamm und klang gefährlich leise. „Ich bin bis jetzt so was von wahnsinnig nett! Aber du leitest hier nicht die Ermittlungen. Und wir kriegen dein Handy auch ohne dich zum Reden!"
Maximilian schluckte, entgegnete aber dann mit einigermaßen fester Stimme: „Er drückt sich manchmal nicht sehr präzise aus. Ich kenne ihn,

ich kann vielleicht was erklären, Suna oder ich könnten Ihnen helfen. Und klar, Sie kriegen das geknackt, aber dafür brauchen Sie Zeit. Und Sie haben keine."

Tamm schaute ihm lange in die Augen und zuckte dann seufzend mit den Schultern: „Also los …"

Maximilian nahm das Handy in die Hand. „Wenn Sie es mir wegreißen wollen", sagte er. „Dann wehre ich mich. Und wenn ich mich wehre, dann breche ich mir was. Und dann …"

„Ich halte Wort", sagte Tamm. Er presste die Lippen aufeinander, bis sie fast weiß waren.

Maximilian drückte ein paar Tasten, dann fing seine Hand zu zittern an. „Er hat auf die Mailbox gesprochen."

„Kannst du laut schalten?"

Maximilian nickte.

„Ja, Massimo … Das war nicht dein Handy … Ich kapier' gar nix mehr … Bin so scheißmüde. Wir sind ewig gelaufen. Der Wichser hat gesagt, dass er mir hilft …, aber jetzt hat er abgeschlossen … Ich hab' keine Ahnung, wo ich bin, mitten im Wald … Die Fenster sind vergittert, komische Hütte, und außen ist es hier wie, wie …

Rotterdam irgendwie, mir fällt das Scheißwort nicht ein … scheiße, mein Akku! Ich …"

Sie schauten sich an.
„Also", ergriff Tamm das Wort. „Dann helft mal schön."
„Der Wichser ist Günni", sagte Suna. „also Herr Lemke."
„Oh, ja!", Tamm tat begeistert. „Und Rotterdam ist eine Stadt in den Niederlanden! Das hilft uns leider alles sehr wenig. Ganz im Gegenteil! Es könnte nämlich jetzt sogar sein, dass uns euer Schwachkopf mit seinen dürftigen Worten mitgeteilt hat, dass er schon weit weg ist! Wer weiß, vielleicht in Amsterdam, das ist so wie Rotterdam!" Der Kommissar war von Wort zu Wort lauter geworden.
„Gut!", er hielt sich den Kopf mit beiden Händen. „Diesen Günni suchen! Hat jemand im Krankenhaus angerufen?"
Ein Kollege hob die Hand. „Lemke war dort, aber sie haben ihn nicht zum Opfer gelassen. Aber sie haben versprochen, dass er um eins noch mal kommen darf, der Zustand des jungen Mannes stabilisiert sich wohl langsam, er wird allerdings noch einige Zeit ohne Bewusstsein sein."

Tamm schien irritiert: „Was ist denn das für ein Krankenhaus, wo man nach Mitternacht noch Besuche machen kann …? Wisst ihr was?“, er schaute Suna und Maximilian in einer Weise an, dass sie beide wussten: Diesmal war kein Widerspruch möglich. „Ich bringe euch beide mal ganz persönlich auf eure Zimmer und stelle Herrn Schneider bei der Gelegenheit ein, zwei Fragen.“

„Können wir mit dem Auto rüberfahren?“, fragte Maximilian beschämt. „Ich habe keine Kraft mehr.“

Tamm nickte.

Vor dem Schlafhaus erwartete sie Billing. Wenn es Suna nicht besser gewusst hätte, hätte man meinen können, dass er den ganzen Nachmittag auf derselben Treppenstufe sitzend mit Rauchen verbracht hatte.

„Wo ist Schneider?“, fragte Tamm, ehe er auch nur seine Fahrertür geschlossen hatte.

„Der Chef ist müde und hat sich im Mannschaftswagen hingelegt, ich bin ja da!“, Billing sah ein bisschen ängstlich aus. Zu Recht.

„Und wo ist der Mannschaftswagen?“, zischte Tamm.

„Beim Haupthaus."
„Also da, wo wir hergekommen sind. Unfassbar. Rufen Sie ihn an, ich gebe ihm eine Minute und ihr ...", ohne sie auch nur anzuschauen, den Blick fest auf dem nervös an seinem Handy herumfummelnden Billing, wedelte er in Maximilians und Sunas Richtung, „auf die Zimmer!"
Sie gingen rein, und Maximilian sah erstaunt, wie Suna ganz selbstverständlich die nächste Tür auf der linken Seite öffnete – im Erdgeschoss. Er musste sich ein Grinsen verkneifen.

Suna war über ihre Frechheit selbst überrascht. Sie musste gar nicht überlegen, sie handelte, als ob sie diesen Plan schon tagelang auswendig gelernt hätte – dabei war er ihr erst gekommen, als Tamm sie reingeschickt hatte. Sie öffnete leise das Fenster, stieg aus und schlich sich an der Hauswand entlang.
Man hörte Schritte und Schneiders Stimme, ziemlich außer Atem.
„Ich habe Ihnen keine Ruhepause verordnet, Herr Kollege", Tamms Stimme klang fast hasserfüllt, er hatte sich vor den Jugendlichen wohl noch einigermaßen zusammengenommen.
„Ja, also nein", Schneider klang ziemlich

angeschlagen. „Es tut mir leid."
„Zwei Fragen, und danach werden Sie hier dank Kollege Billing so lange passiv rauchen, wie ich das für richtig halte."
Schneider sagte nichts, wahrscheinlich nickte er.
„Erstens: Gibt es irgendein besonderes Verhältnis zwischen Ihrem Freund Lemke und diesem Daniel? Etwas, das ich nicht weiß, weswegen Herr Lemke aber spät nachts noch ins Krankenhaus darf?"
„Ja – das ist doch bei Familienangehörigen heutzutage normal, oder? Daniel ist ja schließlich fast gestorben!"
„Familienangehörige?", Tamm klang wirklich überrascht.
„Günni …, Herr Lemke ist Daniels Adoptivvater."
„Aha."
„Ja, ich dachte, Sie … Ich hab wohl nicht allzu viel gedacht", sagte Schneider.
„Nein." Tamm atmete hörbar durch. „Und warum weiß ich nicht, dass der Junge Bluter ist? Dass der Angriff also gar nicht so gewaltsam gewesen sein muss, um gefährlich zu sein?"
„Bluter?"
„Ja! Dieser Giovanni hat diesem behinderten Jungen, als der euch alle verarscht hat und kurz mit ihm telefonierte, in Anwesenheit diverser

Kollegen, die davon nichts mitbekommen haben, gesagt, dass er nicht gewusst hat, dass Daniel Bluter ist!"
„Aber", Schneider klang regelrecht ratlos, „Daniel ist nicht Bluter, wirklich nicht! Ich war oft bei Günni, und die haben ganz normal miteinander gerauft, als Daniel noch ein Junge war ..."
„Ich kann mir auf das Ganze keinen Reim machen." Tamms Stimme kam plötzlich näher. Suna richtet sich auf und zog sich durch das offene Fenster ins Zimmer. „Ist eigentlich wenigstens das Fenster geschlossen, durch das die Pummelige rausgeklettert ist?" Suna zuckte zusammen, kauerte sich aber weiter unter dem Fenster zusammen.
„Ich mache es sofort zu!", hörte sie Schneiders Stimme und Tamms: „Ja, bitte!" Er schien sich zu entfernen. Sie schob sich unters Bett, das ging problemlos. Während sie Schneiders hereinstolpernde Füße sah, dachte sie, dass sie so pummelig dann auch wieder nicht war.

Ein paar Minuten, nachdem Schneider wieder draußen war, öffnete sie ganz vorsichtig die Tür. Es sah fast friedlich aus, wie Schneider und

Billing da saßen, wie zwei Schüler, die nachsitzen mussten, nur nicht auf Stühlen, sondern eben auf der Treppe. Sie waren wohl sehr ungezogen gewesen. Und gut, fast schon wie gewohnt:
Sie saßen mit dem Rücken zur Eingangstür. Sie schlich nach oben, es klappte, und sie dachte: „Ich bin cool." Dann schämte sie sich natürlich wieder.

Maximilian hatte eine zweite Leidenschaft. Wenn er nicht Stadtpläne auswendig lernte, puzzelte er. Aber das behielt er für sich, denn die Bilder, die sich ergaben, wenn man die Teilchen beisammen hatte, waren meistens kitschig: die Alpen oder ein See, der Eiffelturm bei Nacht. Giovanni hätte ihn wahrscheinlich für verrückt erklärt und ihm versehentlich den Hals gebrochen.
Er lag mit geschlossenen Augen auf dem Bett. Suna hatte ihm erzählt, was die Polizisten besprochen hatten, und saß schweigend bei ihm. Nur einmal fragte sie: „Schläfst du?"
Er schüttelte den Kopf. „Bin nur fertig, total fertig. Meine Knie tun weh. Und ich versuche, das Ganze zu kapieren."
Beim Puzzeln war das so: Man nimmt ein Teil, und es scheint überhaupt nicht zu passen, erst

wenn man es direkt an die Stelle hält, von der man hofft, dass es dahin gehört, passt es plötzlich. Man durfte sich nicht auf sein Gefühl verlassen, musste die Teile ganz genau anschauen. Er versuchte, auf alles, was er in den letzten Tagen erlebt hatte, wie ein Fremder zu schauen, sah seine Erinnerungen wie einen Film. Ohne es recht zu merken, fing er an, zu sprechen. „Günni versteckt Giovanni, hilft ihm. Dem, der seinen Sohn fast totgeschlagen hat. Günni hat im Haupthaus telefonieren wollen, in der dritten Nacht … hat er kein Telefon? Rotterdam … er will nach Mitternacht noch mal ins Krankenhaus. Warum nicht morgen, wenn es Daniel doch besser geht …?“

Plötzlich war alles da.

Er riss die Augen auf. „Ich glaube, ich weiß, was passiert ist!“

„Was?“

„Dauert alles zu lange, wir müssen sofort mit Tamm reden!“

„Die lassen uns jetzt bestimmt nicht raus. Die zwei nicht.“

„Lenk sie ab. Aber vorher gib mir deinen Reiseführer!“

Maximilian war startbereit. Er gab Suna ein Zeichen und schloss seine Tür. Suna ließ ihre offen, stellte sich mitten in ihr Zimmer und brüllte aus Leibeskräften: „Hilfe!"
Schneider und Billing beeilten sich, das hörte Maximilian durch die Tür, die Herren wollten heute nichts mehr falsch machen. Er ließ den Gehwagen im Zimmer. Die Knochen mussten jetzt einfach halten. Jeder Schritt fühlte sich an, als ob er glühende Zangen in den Knien hätte.

„Aber da war eine riesige Spinne, wirklich", Suna riss die Augen auf und spitzte die Lippen, so machten das doch die anderen Mädchen, wenn sie die Lehrer um den Finger wickelten. Aber sie war wohl nicht die anderen Mädchen.
„Hör zu!", Schneider sah ziemlich kaputt aus. „Wir haben hier andere Probleme als Spinnen."
„Wenn Sie jetzt gehen, schreie ich wieder!", sagte Suna tapfer.

Auch Maximilian schrie. Die Schmerzen halfen ihm sogar dabei, es fehlten nur noch ein paar Meter: „Ich will Herrn Tamm sprechen, sofort! Jeder, der mich anfasst, fügt mir eine schwere

Verletzung zu! Ich habe die Glasknochenkrankheit, und mein Vater hat deshalb schon viele Prozesse geführt und alle gewonnen!“ (Das war gelogen.)
Gleich vier Polizisten standen um ihn herum, unschlüssig, was sie tun sollten.
„Ich bin kein Hund, den ihr einfangen müsst! Lassen Sie mich einfach rein und mit Herrn Tamm sprechen!“ Er hatte keine Kraft mehr, weiter zu brüllen. „Ich falle gleich hin“, sagte er leiser. „Ich kann nicht mehr stehen.“ Er merkte, wie ihm schwindelig wurde. Ihm wurde schwarz vor Augen. Von Weitem hörte er Tamms Stimme, aber er verstand ihn nicht. Als ihm die Beine nachgaben, fing ihn jemand auf.

Er saß mit Tamm, Sauer und zwei weiteren Beamten an einem Tisch, so viel bekam er wieder mit.
„Du bist sicher, dass du wieder kannst?“, fragte Sauer. Er nickte. „Du warst eine Weile bewusstlos, immerhin hatten wir dadurch Zeit, deine Freundin dazuzuholen, zur Unterstützung“, sagte sie freundlich. Jetzt erst sah Maximilian wieder einigermaßen klar – ja, da saß Suna. Er freute sich. Und dann riss er sich zusammen:

„Günni hatte Giovannis Telefonnummer, er hatte ja die meisten. Dann ist ihm Giovanni aufgefallen, weil er so frech ist. Gleichzeitig hat ihn Daniel die ganze Zeit blamiert. Irgendwas ist zwischen den beiden nicht in Ordnung, ich weiß natürlich nicht, was. Aber nur so passen die Teile …"
„Was für Teile?", fragte Tamm.
„Nichts, ich bin nur noch ein bisschen durcheinander."
„Möchtest du einen Schluck Wasser?"
Maximilian nickte dankbar, Sauer gab ihm einen Becher, er trank zwei Schlucke, dann fuhr er fort: „Die Geschichte mit Suna, und Giovanni hat Daniel verprügelt, wenn Daniel Bluter wäre, hätte das ja schon gereicht … Das hätte Giovanni ja merken können, aber … egal, er hat es halt nicht gemerkt.
Also: Günni sucht einen Film aus, den Daniel hasst, Giovanni hat wegen der Schlägerei Stubenarrest. Ich habe mitgekriegt, dass Günni am Münztelefon in der Vorhalle telefonieren wollte, ich habe mich gewundert, ich meine, warum nimmt er nicht sein eigenes Telefon? Weil er nicht wollte, dass man das später nachprüfen kann. Und jetzt das Wichtigste …", Maximilian rieb sich die Augen, er war immer noch etwas

durcheinander. „Günni kann wirklich gut Stimmen nachmachen. Er ruft Giovanni als Daniel an, provoziert ihn, sagte so was wie: Komm doch, du Feigling! Dann geht Giovanni hin, klingelt, Daniel macht auf, und Giovanni knallt ihm noch eine und geht wieder.
In der Nacht geht Günni zum schlafenden Daniel, schlägt so lange auf ihn ein, bis er sicher ist, dass er tot ist. Dann geht er zu Giovanni und überredet ihn, zu fliehen, erfindet das mit dem Bluter, damit Giovanni glaubt, dass Daniel tot ist, bringt ihn in ein Versteck … Er ruft am nächsten Morgen die Polizei, macht ungenaue Angaben und versperrt noch die Straße mit einer Ladung Holz …"
„Aber warum sollte er das tun?", fragte Tamm dazwischen. Es klang nicht mehr so, wie wenn ein Erwachsener mit einem Jugendlichen spricht – er war wirklich interessiert.
„Um Zeit zu gewinnen …"
„Nicht das Holz!", Tamm klang ungeduldig. „Obwohl, doch, das Holz ist ein Problem, Schneider hat gesagt, es waren mehrere Kubikmeter, wie schafft das einer alleine dahin?"
„Das weiß ich nicht!", sagte Maximilian. „Aber mal angenommen, er hat es eben irgendwie geschafft …"

„Dann frage ich mich immer noch, wie er Giovanni dazu bringen konnte, zu fliehen …"
„So einer wie Giovanni rennt erstmal, wenn die Polizei kommt", sagte Suna, „und denkt später nach. Wir sind so. Viele von uns. Ich meine", sie hob trotzig den Kopf. „Wem glaubt man immer am wenigsten? Einem Ausländer aus der Hauptschule, das sind eben alles Gangster, so kommt's ja auch im Fernsehen …"
„Lemke ist vielleicht als Verbrecher unerfahren", sagte Sauer, und sie klang müde. „Aber er kennt sich mit Jugendlichen aus, nur allzu gut, fürchte ich!"
„Aber warum hilft Lemke Giovanni?", fragte Tamm.
„Er hat ihn ja inzwischen eingesperrt …, erst wollte er im Krankenhaus …"
„Sein Plan ist jetzt schon misslungen", unterbrach Sauer Maximilian. „Die Frage ist, ob er das wahrhaben will."
„Das heißt?", fragte Tamm.
„Er steht, wenn Maximilian recht hat, sicher auch neben sich. Ist schockiert, durcheinander. Würde er ruhig nachdenken, würde er aufgeben."
„Weil sein Plan nicht funktionieren kann!", Tamm nickte.

„Ich bezweifle, dass er ruhig ist. Vielleicht versucht er in aller Hektik, die Sache in Ordnung zu bringen, lässt den Gedanken nicht zu, dass alles aus ist. Aber alles in Ordnung bringen, heißt: Er muss Giovanni loswerden. Dann ist Giovanni in großer Gefahr."

KAPITEL 9

Ein Schlüssel drehte sich im Schloss. Giovanni war eingeschlafen. Ihm war schlecht. Er hatte Durst, keinen Hunger, obwohl er den ganzen Tag nichts gegessen hatte, er hatte viel zu viel Angst, um Hunger zu haben. Sein Handy lag auf dem Tisch, es hatte keinen Sinn mehr, es zu verstecken. Günni kam rein und sah es sofort.
„Scheiße!"
Giovanni lachte auf: „Keine Angst, Günni! Hab' nur zwei kurze Anrufe gemacht und nur Scheiße erzählt …" Er richtete sich mühsam auf. „Akku ist längst leer … Ich meine, was soll das Ganze? Du willst mich schützen und sperrst mich ein? Ich verdurste … Ich stell' mich!
Du hast gesagt, du verschaffst mir ein Alibi, und ich lauf' mit wie ein dummer Hund, weil Alibi so nach Krimi klingt, ich blödes Arschloch! Was für ein Alibi? Dass ich die ganze Nacht in deiner Geheimhütte eingeschlossen war? Die finden auch DND von mir oder wie das heißt. Ist doch Schwachsinn! Ich wollt' ihm nur eine geben. Und jetzt habe ich jemanden … Hey!"
Zum ersten Mal seit vielen Jahren hätte sich Giovanni fast in die Hosen gemacht.

Günni richtete eine Pistole auf ihn.

„DNA, nicht DND, Spuren deines Erbguts, ja, die werden sie finden. In Daniels Haus. Komm, wir machen einen Spaziergang. Die jungen Leute bewegen sich heutzutage viel zu wenig.“

Giovanni versuchte, möglichst cool zu klingen, es klappte sogar einigermaßen: „Du hast das nicht drauf! Rufst mich auf dem Handy an und denkst nicht dran, mir's abzunehmen, wenn du mich einsperrst! Du machst Fehler! Ehrlich, Mann, ich verstehe was vom Fehlermachen, frag meinen Englischlehrer!“

Günni schien verunsichert – aber nur kurz.

„Dann habe ich eben Glück gehabt. Sagst ja selbst, dass der Akku leer war. Sonst wären die ja auch längst da. Los, wir gehen.“

„Und wenn ich nicht gehe?“

„Knall' ich dich ab!“

„Verarschen kann ich mich selber!“

„Los!“

Günni sah nicht aus wie einer, der einen nur verarschen will.

Giovanni stand auf. Er konnte keinen klaren Gedanken fassen. Höchstens einen unklaren: langsam, Zeit schinden, wie beim Fußball.

„Er ist Mitglied im Schützenverein …", sagte Tamm nachdenklich. „Er hat Zugang zu Waffen …"

„Einer seiner Fehler war, dass er sich geirrt hat, Daniel war nicht tot", sagte Sauer, während Maximilian hektisch in Sunas Reiseführer blätterte. „Jetzt will er ihn also im Krankenhaus endgültig töten, wird auf später vertröstet … wie spät ist es?"

„Halb zwölf!", rief jemand.

„Sofort einen Wagen zum Krankenhaus!", rief Tamm. „Die sollen ihn abfangen."

„Also, wenn ich das jetzt alles richtig verstanden habe", sagte Suna, und ihre Stimme zitterte. „Dann ist Giovanni vielleicht tot, wenn Sie Günni dort erst schnappen." Sauer nahm ihre Hand. Tamm schwieg.

„Willst du mich umbringen, weil ich Daniel umgebracht habe?", Giovanni erkannte seine eigene Stimme kaum. Zweige schlugen ihm ins Gesicht. „Warum bringst du mich dann erst hierher?"

„Lauf weiter!", zischte Günni.

„Die finden die Hütte. Spuren von mir, Spuren von dir …"

„Die Hütte wird nachher blitzblank geputzt!"
„Soll ich putzen? Das kann ich! Ich hab' meiner Mutter oft zugeschaut …"
„Weiter!"
„Mein Schuh ist auf!" Tatsächlich, Günni ließ ihn die Schuhe binden.
„Wie lange dauert das?"
„Ziemlich lange", sagte Giovanni. „Ich kann erst seit diesem Jahr eine Schleife."
Er spürte den Lauf der Pistole im Nacken.
„Das war's schon", sagte er. „Kein Problem."

Maximilian schrie regelrecht auf: „Da! Da ist es … Rotterdam!"
„Wie bitte?", Tamm klang richtig erschrocken.
„Wir spielen immer so was … mit Stadtplänen", er war wieder ganz wach. „Auch mit dem von Rotterdam. Und ich hab mal gesagt: ‚Rotterdam liegt im Rheindelta', einfach so! Und Giovanni ärgert sich immer so furchtbar, wenn man so was sagt. Er hält einen schnell für einen Klugscheißer, und dann hat er gesagt … irgendwie: was das soll, was das mit dem Delta soll, und da hab ich ihm das Rheindelta im Atlas gezeigt, da wurde die Stimmung dann auch nicht besser, jedenfalls, der Fluss teilt sich da in viele Arme,

und hier im Wald", aufgeregt deutete er auf die Umgebungskarte, „gibt es einen Bach, bei dem das genau so ist. Das hat er gemeint!"
Tamm dachte kurz nach, dann sagte er: „Unsere Leute dahin! Schnell!"

Sie kamen auf eine Lichtung, der Himmel war wieder klar, der Mond schien. Vor ihm konnte Giovanni einen kräftigen Baum erkennen, davor stand ein Schemel, darüber hing eine Galgenschlinge. Er fiel einfach hin.
„Steh auf!"
Er stand auf.

Sie saßen schweigend da, irgendwann kam eine Nachricht. Tamm sagte: „Sie haben eine Hütte gefunden, dort, bei dem Minidelta. Sie ist leer, aber die Hunde haben eine Spur!"

Giovanni kramte innerlich alles zusammen, was noch da war, viel war es nicht.
„Du Wichser", sagte er keuchend. „Ich mach' das nicht. Ich häng' mich nicht auf. Wie ist das mit deiner DNA-Scheiße am Strick?"

„Handschuhe“, sagte Günni. „Der Strick lag außerdem in einem offenen Schuppen auf dem Gelände. Du armer Junge hast ihn vor lauter schlechtem Gewissen genommen und bist in den Wald, um dich zu erhängen ...“
„Klar, mit so 'nem Hocker und 'nem Strick gehe ich in den Wald! Du Spast! Ich mach' das nicht.“
„Ich schieß' dir in den Bauch!“, sagte Günni leise. „Das ist eine der qualvollsten Arten zu sterben. Dann drück ich dir die Waffe in die Hand!“
„Ich hab' mal einen Krimi gesehen“, Giovanni merkte, dass das bisschen Zusammengekratzte von innen aufgebraucht war, alles fing an, zu zittern.
„Das sieht man an der Hand, ob einer geschossen hat ...“ Günni schien zu zögern. „Und ich habe gelogen, ich habe denen am Handy alles erzählt ... Du blöder Arsch ... Außerdem erschießt sich niemand in den Bauch, wenn das so wehtut, wie du sagst. Du bist ja so klug, und ich bin nur ein dummer Hauptschüler, aber ich häng' mich ganz bestimmt nicht auf ... Hörst du ... hörst du das?“, Giovanni hatte kurz selbst das Gefühl, es nur zu erfinden, aber es war wirklich zu hören: Hundegebell. „Die holen mich! Und dich!“, schrie er.
Günni sagte: „Solche wie du, mit denen gab

es immer Probleme. Ihr mit eurer Ehre und mal so und dann so, Daniel war … und jetzt ist er … Scheiße.“ Das Bellen war schon ziemlich nah. Er ließ die Waffe fallen.

Tamm atmete tief durch. „Sie haben beide. Giovanni ist unverletzt. Er weiß auch schon, dass er niemanden umgebracht hat.“
Lange Zeit schwiegen alle. Dann legte Tamm Maximilian die Hand auf die Schulter, zum Glück ziemlich sanft. „Das war ganz hervorragend.“
Maximilian lächelte: „Das finde ich eigentlich auch.“ Und dann sagte er: „Oh, Gott!“ und legte den Kopf in beide Hände. „Oh, Gott, es hat gestimmt.“

Giovanni war zur Untersuchung im Krankenhaus. Tamm fuhr Maximilian zum Schlafhaus, hatte gesagt: „Das lass' ich mir nicht nehmen!“ Suna wollte laufen, Sauer begleitete sie.
„Sie haben gesagt, dass das gut war, was ich gemacht habe“, sagte Maximilian.
„Ich habe ‚hervorragend‘ gesagt.“
„Könnte ich mit meiner Behinderung Polizist werden?“

Tamm räusperte sich: „Ich fürchte nein."
Maximilian nickte: „Scheiße."
„Ja."
Im Bett erinnerte er sich, gehört zu haben, dass Polizisten schlecht verdienen, und dachte, dass es ja dann egal war, dass er nicht Polizist werden konnte. Und dachte, dass er jetzt wie Giovanni gedacht hatte.
Und schlief ein.

KAPITEL 10

Sie saßen anfangs ein bisschen steif herum. Maximilians Eltern bemühten sich, wenigstens mit Giovannis Eltern ins Gespräch zu kommen, und, das war immerhin gut, Sunas Mutter hatte von Onkel Vittorio gleich zwei Gläser Sekt nacheinander bekommen und kämpfte sichtlich mit dem Schlaf. Maximilian war sich fast sicher, dass Giovanni seinem Onkel einen Tipp gegeben hatte. Aber sie hatten die Pizzeria für sich, und Vittorio hatte sich schwer ins Zeug gelegt. Dadurch wurde die Stimmung dann allmählich doch besser.

Irgendwann klopfte Giovannis Vater gegen sein Glas, räusperte sich und stand auf. Er hatte sich fein gemacht, trug Anzug und Krawatte, während Maximilians Vater in Jeans gekommen war, was den Sohn etwas beschämte.

„Lieber Maximilian, liebe Suna“, sagte Herr Sessa, räusperte sich gleich noch einmal und fing noch mal neu an: „Liebe Frau Bart, liebe Frau und Herr Buchwald, liebe Suna, lieber Maximilian, und hör auf, zu essen, während ich rede, Giovanni! Und dann auch noch mit den Händen! Junge!“

„Entschuldigung."
Im Grunde freuten sich zurzeit alle, wenn Giovanni Scheiße baute, auch sein Vater, das sah man, denn Giovanni saß alles noch ziemlich in den Knochen. Manchmal schwieg er stundenlang, das war sonst wirklich nicht seine Art.
„Ich bin kein großer Redner, hab das nicht gelernt", fuhr Herr Sessa fort. „Aber wir wollen danken, dass ihr unseren Sohn gerettet habt. Und wir haben mit den Eltern gesprochen," er zwinkerte erst Frau Bart zu, die mühsam zurückzwinkerte, und dann in Richtung von Maximilians Eltern. „Wir wollen euch einladen, mit uns nach Sizilien zu kommen. Eure Eltern sind einverstanden."
„Meine Mutter auch?", fragte Suna verblüfft.
„Ja!", sagte Mutter Bart und setzte ihr Glas etwas unbeholfen ab. „Du musst dort natürlich lernen. Aber du hast schließlich eine gute Mutter. Nämlich mich! Kann man auf Sizilien lernen?", fragte sie in Richtung von Giovannis Vater, der etwas hilflos aussah.
„Kein Problem, Frau Bart!", sprang Giovanni ein. „Das ist ein Lernparadies! Sizilien ist ein Lernparadies! ‚Si' heißt auf Italienisch ‚ja' ..."
„Das weiß ich!", rief Sunas Mutter. „Und ‚no' heißt nein!"

„Sehr gut!“ rief Giovanni. „Und ‚zilien‘ heißt ‚lernen‘! ‚Ja! Lernen!‘, da fahren wir hin!“ Dann setzte er sich wieder und sagte recht laut: „Die ist ja so dumm!“
„Jedenfalls“, sein Vater lächelte etwas bemüht. „Wir hoffen, es freut euch. Übermorgen geht's los!“

Als Onkel Vittorio schließlich verschiedene Schnäpse auf den Tisch stellte und sich die Väter zu duzen begannen, setzte sich Giovanni zu seinen Freunden.
„Wird geil!“ Sein Lächeln war noch nicht das alte.
Maximilian nickte: „Ich schätze mal, du wirst mir sämtliche Knochen brechen, aber vielleicht ja erst am Schluss …“
„Dort nehm' ich mir dann 'nen echten Lover“, kicherte Suna, die ausnahmsweise am Wein genippt hatte.
Giovanni schaute sie streng an: „So was sagt man nicht, Suna!“
„Es war ein Witz.“
„Kein guter Witz. Nicht für eine Frau!“
„Entschuldigung.“
„Du weißt nicht, wie die Jungs auf Sizilien sind!“,

er konnte sich einfach nicht beruhigen. „Du hast keine Ahnung, auf was du dich da einlassen willst!"
„Ich kenne einen."
„Wen?"
„Dich."
„Stimmt", nachdenklich schwieg Giovanni.
„Mich gibt's ja auch noch", sagte er irgendwann.

Vor dem Abflug war vieles zu organisieren, trotzdem trafen sie sich am nächsten Tag noch einmal in der Stadt, denn einen Termin gab es noch, und den wollten sie nicht verpassen.
Sie holten Frau Sauer am Bahnhof ab. „Ohne Uniform sieht die ja aus wie eine Lehrerin!", sagte Giovanni. „Voll scheiße sieht die aus!" Zum Glück war sie noch weit genug weg.
Da Maximilian immer noch Schmerzen beim Laufen hatte, gingen sie gleich in das nächste Eiscafé. Als alle einen entsprechenden Eisbecher vor sich hatten, drei normalgroße und einen riesigen, hinter dem man Giovanni kaum noch sah, fing Sauer an: „Bis zum Prozess wird es noch eine Weile dauern. Und eigentlich dürfte ich euch so was nicht erzählen … Aber …", sie schaute sie der Reihe nach an. „Ich finde, ihr

habt es verdient. Wenn ihr mich verratet, wäre das nicht sehr nett."
„Wir halten dicht! Sizilianer können Geheimnisse bewahren, und den beiden doofen Deutschen hört sowieso niemand zu."
Sauer lächelte, dann wurde sie wieder ernst: „Lemke hat Daniel missbraucht. Jahrelang, ihr wisst, was das bedeutet … Natürlich wisst ihr es, und irgendwie weiß es keiner …", sie seufzte. „Und da es ihm gelungen ist, den Jungen sogar zu adoptieren, war er da ziemlich frei. Geld hatte er genug, also hat er dann Wolkenstein gekauft, und ihr habt gesehen, dass das … ja, dass das am Arsch der Welt ist."
„Ein Kinderficker!", sagte Giovanni leise.
„Deshalb hat der am Schluss so komisches Zeug zu mir gesagt …"
„Nur ist Daniel inzwischen erwachsen", fuhr Sauer fort. „Anstatt, dass er Lemke angezeigt hat, hat er begonnen, ihn zu erpressen. Man kann böse werden, wenn man viel Böses erlebt hat. Erst hat er sich ein Haus bauen lassen, dann hat er sich zum Vizechef ernannt und in letzter Zeit hat er von Lemke zunehmend verlangt, dass er ihm alles überschreibt."
„Überschreibt?"
„Alles gibt."

Giovanni nickte.
„Wir nehmen an, dass Lemke speziell diese MMM Freizeiten genutzt hat, um sich auch anderen Jungen anzunähern, aber noch haben wir da keine Beweise. Jedenfalls fällt auf, dass selten Mädchen eingeladen wurden. Und zum Beispiel dieser Oswald, der ja ein bisschen seltsam ist, und so was Tolles nun auch nicht gemacht hat – seine Mutter hat von MMM gehört und ihn angemeldet. Lemke hat ihn sofort akzeptiert, nachdem er ein Bild von ihm gesehen hat. Oswald sieht dem Daniel vor acht Jahren ziemlich ähnlich … Und dann diese Hütte mitten im Wald, die hatte er nicht, um Tiere zu beobachten, das Kuschelzimmer …"
Sauer holte tief Luft.
„Da er sich mit meinem bisherigen Chef dann auch noch angefreundet hat, war er gut geschützt. Na ja, als ihr angekommen seid, haben sich Daniel und Lemke längst nur noch gehasst. Und Daniel hat ja dann auch alles getan, um Lemke zur Weißglut zu treiben."
„Warum hat er ihm nicht einfach so lange auf die Fresse gehauen, bis der Alte ihm alles abschreibt … überschreibt? Warum so Kinderkram wie das mit Suna?"
Suna wurde rot. Das mit dem Denken, dass man

rot wird, funktionierte doch nicht so gut.
„Wenn man jahrelang missbraucht wird, dann hat man sehr oft erlebt, dass man schwächer ist. Man lässt sich viel eher auf fiese Spiele als einen offenen Kampf ein. Missbrauch macht einen von innen raus kaputt … Hier sitzen wir ja im Freien, da kann man ja rauchen … Stört es euch?"
Alle drei verneinten, was nur in Giovannis Fall ehrlich war, die Eisbecher schmolzen in der Sonne vor sich hin. Maximilian sah, wie Sauers Hand zitterte, als sie sich die Zigarette anzündete. „Ich rauche selten", sagte sie entschuldigend, „sollte es ganz lassen … Aber bei dem Thema …", sie zog an der Zigarette. „Als du dann", sagte sie in Giovannis Richtung, „mit Daniel Krach gekriegt hast, hat sich Lemke seinen komischen Plan zurechtgelegt. Keinen sehr guten – die meisten Verbrecher sind weniger raffiniert, als sie glauben. Er war ein erfahrener Kinderschänder, aber als Mörder ein Anfänger … Den Rest wisst ihr ungefähr. Er nimmt einen Film, von dem er weiß, dass Daniel ihn hasst, hat Giovanni mit verstellter Stimme zu ihm gelockt und richtig angenommen, dass es noch mal kracht."
„Wenn der Flachwichser zu mir sagt!"
„Es war kein Vorwurf. Danach hat er zuerst den schlafenden Daniel mit einem Hammer fast

totgeschlagen, seiner Meinung nach nicht nur fast, dann hat er deine Panik ausgenutzt, dich in seine Hütte gebracht, besser gesperrt – aber nicht an dein Handy gedacht. Wie gesagt, kein guter Plan.
Zum Beispiel auch das mit dem Holz – er beliefert ein paar Leute, Wald hat er ja genug. Er hat mit Daniel in den letzten Tagen eine Wagenladung aufgestapelt, die konnte er auf die Straße kippen, damit wir nicht so schnell da sind, damit er Zeit hat, Spuren zu beseitigen. Aber er hat es natürlich nicht geschafft, das alles wieder einzusammeln. Er hat die Hälfte liegen lassen, der Rest war auf einem Parkplatz zwischengelagert, aber er war nicht bereit, aufzugeben, und wollte dich zum Selbstmord zwingen, so nach dem Motto, der Täter hat ein schlechtes Gewissen bekommen … Du hast starke Nerven bewiesen …"

Giovanni nickte. Und sah plötzlich sehr ernst aus.
„Wenn ich … wenn ich an einen Wald denke, geht es mir nicht so gut."
„Angst?", fragte Sauer.
„Was weiß ich?", zum ersten Mal seit Langem musste Giovanni dagegen ankämpfen, nicht

loszuheulen. „Aber auf Sizilien gibt es nicht viel Wald“, sagte er trotzig. „Und wenn, dann anders als hier.“
„Wenn die Angst bleibt, kann man eine Therapie machen“, sagte Sauer.
„Die Psychologen!“ Giovannis Augen wurden groß wie Tischtennisbälle. „Die sind doch alle selbst verrückt!“
„Na ja, ein andermal vielleicht“, Sauer lächelte. „Es hätte nicht geklappt. So oder so nicht – wir hätten Spuren am Tatort gefunden, Spuren von ihm, das ist heutzutage fast immer so, das hat er unterschätzt. Aber für dich wäre es zu spät gewesen.“

„Zwei Sachen würde ich gerne noch wissen“, sagte Maximilian, als sie das halb zerlaufene Eis dann doch noch gegessen hatten.
„Nur zu!“
„Warum ist Daniel nicht einfach weg, als er erwachsen war?“
„Manche Leute sind so lange gefangen, dass das Gefängnis die Heimat wird.“ Sauer schwieg, mehr Erklärung gab es demnach nicht.
„Und warum erzählen Sie uns alles – ich meine, Sie haben gesagt, wir hätten es verdient ...“

„Lass sie doch erzählen, Massimo!"
„Wir haben das ja nicht wirklich aufgedeckt!"
„Ich finde schon!"
„Jetzt sei halt mal ruhig ..."
(„Du darfst gerne höflich bleiben, du Hurensohn!")
„Wir haben unserem Freund helfen ..."
(„Ist ja schon mal was, Massimo!)
„Wir wussten ja nicht, dass Lemke, dass er so einer ist."
Sauer zündete sich noch eine Zigarette an, schwieg lange. Dann sagte sie: „Meine Eltern haben sich scheiden lassen, ich bin bei meiner Mutter aufgewachsen, mein Bruder bei meinem Vater. Ich mochte meinen Bruder nicht, er hat sich immer sehr seltsam benommen.
Viel später ist rausgekommen, dass ihn mein Vater die ganze Kindheit hindurch missbraucht hat."
„Ist er ...", fragte Suna. „ist er, Ihr Bruder, meine ich, weggegangen."
Sauer stieß eine große Rauchwolke aus. „In gewisser Weise schon. Er hat sich umgebracht, vorher hat er meiner Mutter einen Brief geschickt, wo alles drinstand. Dann haben wir meinen Vater angezeigt ..." Sie machte eine Pause, schluckte, keiner der drei wagte, sich zu

rühren. „Aber bevor er auch nur vom Tod meines Bruders erfahren hat, von der Anzeige ganz zu schweigen, ist mein Vater ganz friedlich im Schlaf gestorben. Er war schon alt. Keine Gerechtigkeit. Wahrscheinlich bin ich deshalb Polizistin geworden."
„Ihr Vater ist ein Hurensohn", sagte Giovanni leise. „Aber das ist jetzt nichts gegen Ihre Oma!"
Sauer lächelte: „Schon gut."

„Also, warum habt ihr es verdient? Ohne euch hätte es Lemke vielleicht noch einmal zum Krankenhaus geschafft. Diesmal hätten sie ihn zu Daniel gelassen. Und so außer sich, wie Lemke dann schon war, hätte er alles riskiert und Daniel getötet. Ihr habt nicht nur einen von euch, sondern auch Daniel gerettet, ein Missbrauchsopfer. Er wird wieder gesund, so viel steht inzwischen fest. Körperlich gesund – alles andere weiß man nicht. Aber er hat eine Chance. Ohne euch hätte er die nicht."
Längere Zeit sprachen sie gar nichts, dann sagte Giovanni: „Okay, er ist zwar ein Arschloch, aber das ist ja dann irgendwie doch gut."
Sauer zahlte, sie standen auf.
„Und Schneider ist gefeuert?", fragte Suna.

„So schnell geht das nicht", Sauer schüttelte lachend den Kopf. „Aber er hat jetzt etwas einfachere Aufgaben, und ich konnte mich zu Tamm versetzen lassen, kann jetzt interessantere Sachen machen. Und etwas mehr los ist da auch, wo ich jetzt bin."

Als sie wieder im Bahnhof verschwunden war, meinte Giovanni, dass sie ja eigentlich doch ganz okay aussieht. Bevor sie sich trennten, fragte ihn Suna, ob er viel Angst hat seitdem.
Er ging einfach weg.

KAPITEL 11

„Das ist Palermo!", rief Giovanni aus vollem Hals. Man hörte ihn trotzdem kaum, weil der Verkehrslärm enorm war. „Hier fühlt man sich doch gleich entspannt!"
Sie waren bei Nacht angekommen, und Maximilian war müde, außerdem hatte er vom Flug noch einen etwas flauen Magen. Sie waren vom Flughafen mit dem Bus bis mitten in die Stadt gefahren, irgendetwas hatte vorhin mit dem Abholen nicht geklappt, und nun würde einer von Giovannis anscheinend 5000 Onkels sie hier abholen.
Die Eltern und Giovannis kleiner Bruder waren beim Gepäck geblieben, und Giovanni hatte ziemlich betteln müssen, aber dann wurde ihnen erlaubt, ein bisschen um den Block zu gehen. Offensichtlich gab es hier in der Nähe etwas, das er ihnen um jeden Preis zeigen wollte.
„Ist es hier nicht gefährlich?", fragte Suna und klang ängstlich.
„Ach was!", schrie Giovanni vergnügt. „Gefährlich ist es in dem scheiß Wolkenstein gewesen! Hier ist es nicht gefährlich. Höchstens für Ausländer."

„Wir sind Ausländer!“, sagte Maximilian mit etwas enger Stimme.
„Stimmt auch wieder … hier! Da ist er, wie immer!“ Giovanni deutete begeistert auf eine Art Imbissbude unter freiem Himmel. „Bei Pietro kriegt man das beste pani cà meusa weit und breit! Das müsst ihr probieren! Der Fraß im Flugzeug war ja wohl gar nichts!“ Und schon kaufte er zwei rätselhaft aussehende Brötchen.
„Ist sozusagen der sizilianische Hamburger“, erläuterte er und drückte den beiden die heißen Brötchen in die Hände.
„Was ist es genau?“; fragte Maximilian und musste sich räuspern.
Giovanni klopfte sich auf den linken Oberkörper: „Da drin, wie heißt das?“
„Herz?“, fragte Suna und sah unglücklich aus.
„Nein, Quatsch! Ich weiß doch, was ein Herz ist …“
„Ist ziemlich klebrig“, sagte Suna. „Ich meine, es ist ziemlich heiß … Und ich weiß nicht …“
„Milz!“, schlug Maximilian vor.
Giovanni klatschte sich an die Stirn: „Milz, genau! Ich vergess’ immer das deutsche Wort. Obwohl … Braucht man ja auch nie.“
Maximilian und Suna kauten andächtig, schluckten mühsam.

„Du isst keines?“, fragte Maximilian zwischen zwei anstrengenden Bissen.
„Nein!“, lachte Giovanni. „Ist viel zu fett!“

Als Erste kotzte Suna. Maximilian versuchte, nicht hinzusehen, aber es war zu spät – schon kotzte er mit.
„Warum esst ihr's denn, wenn es euch nicht schmeckt?“, Giovanni schüttelte den Kopf.
„Ah, meine Eltern winken, das heißt, mein Onkel ist da. Übrigens der raucht ziemlich viel, sorry.“
„Raucht er im Auto?“, stöhnte Suna.
Giovanni war schon losgegangen und rief über die Schulter: „Nein, im U-Boot!“
„Wird bestimmt trotzdem ein schöner Urlaub“, sagte Maximilian leise zu Suna.
„Bestimmt“, sie nickte.
„Besser als Wolkenstein.“
„Viel besser.“
„Kommt jetzt!“, rief Giovanni. „Bei meinem Onkel gibt es nachher noch ein Festessen!“
Und gleich musste Suna noch einmal kotzen.

„Wisst ihr“, sagte Giovanni nachdenklich, nachdem der kettenrauchende Onkel begrüßt, das Gepäck verstaut war und man nur noch zu siebt in ein 5-sitziges Auto passen musste. „Wisst ihr, ihr seid schon okay. Also, wir sind Freunde – aber: Man kann euch eigentlich nirgendwo hin mitnehmen."

„Halt's Maul, Giovanni!"

„Brauchst nicht böse zu werden, Massimo!"

„Sei einfach mal ruhig!"

„Noch ein Milzbrötchen?"

„Nein!", schrie Maximilian.

Giovanni grinste und konnte sich im letzten Moment beherrschen – er schlug Maximilian nicht auf die Schulter.

Verlag an der Ruhr

Postfach 10 22 51 | 45422 Mülheim an der Ruhr | www.verlagruhr.de
Tel.: 0521-97 19 330 | Fax: 0521-9719137
E-Mail: bestellung@cvk.de

Es gelten die Preise auf unserer Internetseite.

Versteckspiel

Ein Jugendkrimi

Friederike Schmöe

12–16 J., 120 S., 12 x 19 cm, Paperback
ISBN 978-3-8346-0735-5
Best.-Nr. 60735
6,50 € (D)/6,70 € (A)/11,90 CHF

Schattendasein

Der erste Fall von Giovanni und Co.

Carlo Schäfer

12–16 J., 128 S., 12 x 19 cm, Paperback
ISBN 978-3-8346-0669-3
Best.-Nr. 60669
6,50 € (D)/6,70 € (A)/11,90 CHF

Feuerspiele

Ein Ruhrgebietskrimi

Reinhard Jahn, Walter Wehner

12–16 J., 120 S., 12 x 19 cm, Paperback
ISBN 978-3-8346-0646-4
Best.-Nr. 60646
6,50 € (D)/6,70 € (A)/11,90 CHF